回头是爱

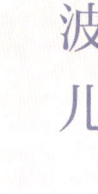

波儿 —— 著

图书在版编目（CIP）数据

回头是爱 / 波儿著. -- 南宁：接力出版社，2024.
8. -- ISBN 978-7-5448-8684-0

Ⅰ. I227

中国国家版本馆 CIP 数据核字第 20242UT234 号

回头是爱
HUI TOU SHI AI

责任编辑：李雅宁　刘蓉慧　　文字编辑：王燕　　美术编辑：王雪
责任校对：童小伟　　　　责任监印：刘宝琪
出版人：白冰　雷鸣
出版发行：接力出版社　　社址：广西南宁市园湖南路9号　　邮编：530022
电话：010-65546561（发行部）　　传真：010-65545210（发行部）
网址：http://www.jielibj.com　　电子邮箱：jieli@jielibook.com
经销：新华书店　　印制：河北尚唐印刷包装有限公司
开本：880毫米×1250毫米　1/32　印张：8　字数：105千字
版次：2024年8月第1版　　印次：2024年8月第1次印刷
定价：88.00元

版权所有　侵权必究

质量服务承诺：如发现缺页、错页、倒装等印装质量问题，可直接联系本社调换。
服务电话：010-65545440

序言

  中国自古以来被誉为诗的国度。牙牙学语的婴儿听外婆摇着蒲扇唱古老的歌谣,渐渐长到了三四岁光景,便能摇头晃脑、奶声奶气地背诵一千多年前的唐诗。这种日常生活里的浪漫,被时光化作流淌在我们血液里的文化。诗,对感情含蓄的中国人而言,无疑是最深沉、最热烈、最大胆、最浪漫、最长情的告白。波儿显然是这方面的佼佼者。初读她的作品,仿佛无意间闯进一位少女的闺房,看见她所有的愿望与珍视,祈祷与期盼,快乐与悲伤,遗憾与挣扎……看见她人生中所有的爱。爱的时光如此美好,却又转瞬即逝,于是作者想要牢牢抓住那些温暖的时刻,不断重温那些感人至深的画面,反复低吟自己对父母的思念,因为这一切是能够证明我们生命中存在过爱的证据。

如果说传达直抵人心的人类普遍情感本就是文学作品的重要价值，那么怎样将无数人都在日复一日体验着的情感以一种陌生的方式呈现出来，则是对写作者最大的考验。波儿用纯净、质朴的文字来捕捉我们每个人生命中最想留住的那些温暖瞬间和随时间一同流逝的美好回忆，像放电影一样，让一幅幅画面缓缓地呈现在我们眼前。在波儿的诗作里，幸福的童年、遥远的故乡、妈妈的唠叨、爸爸的肩膀、空地上的秋千、冬夜的飞雪、胡同里的红果冰棍儿、故宫的城墙、南城的天桥，还有拂过脸庞的风儿、向着群星绽放的花儿——每个画面都生动鲜明。这是因为身为制片人的作者能够赋予其作品一种独特的类似电影的叙事风格。

当然，波儿的作品不仅仅书写自己对生命中至亲和挚爱之人的情感和思念，还将她对待生活乐观向上的态度和对周遭事物的关切展现无遗。医生朋友的逆行和坚守牵动着她的神经，四季变换、花开花落带给她灵感，非遗传承人的精湛技艺令她痴迷并深陷其中，仿佛爱丽丝掉进了兔子洞一般。而就像爱丽丝从兔子洞里带回来白皇后、红皇后、疯帽子和柴郡猫的神奇故事那样，本书作者也将建盏作为一种独特的视觉审美符号，与她的诗一起献给读者。写字的人大多爱玩，对万事万物充满好奇心，又具有敏锐的感受力，擅长于细微处发掘新的审美趣味。书中所配精美插图，皆是作者用高倍光学摄像头微距拍摄建盏非遗传承人大量作品里的曜变和油滴而得。耗时三年，拍摄作品无数，作者特为本书精挑细选其中数十件得意之作，以飨读者。这些变幻无穷的精美图片令人想起古希腊哲学家德谟克利特的原子论学说灵感起源——想象你可以将一个苹果一分为二，并且不停地分下去，最终苹果还是苹果吗？同样，建盏的曜变和油滴被无限放大后，会变成什么？答案就在这本书中。而这本集子取名《回头是爱》，亦颇有禅意。

是为序。

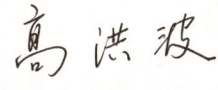

诗人、作家、中国作家协会原副主席

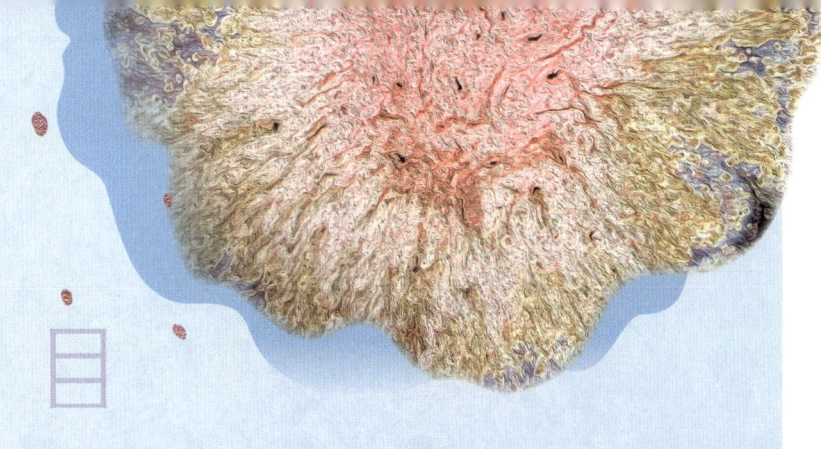

目录

辑一 惊蛰

003 | 惊蛰
006 | 图腾
008 | 我,是一叶又轻又小的羽毛
010 | 一尘不染
012 | 树
014 | 萤火
016 | 写给Popo的等待
018 | 海螺姑娘
020 | 父亲的车站
025 | 馥影
026 | 红
028 | 朱砂红
030 | 放星星的人

辑二 红果冰棍儿

035 | 南城

037 | 仿佛，他本来就不是梦

040 | 满月

042 | 妈妈，我继续给您写信

044 | 暖

047 | 炸酱面

049 | 今夜是除夕——逆行

052 | 木棉花开了——坚守

055 | 幸福开花儿了——凯旋

058 | 大漠花影

060 | 你的姓氏，我的名字

062 | 丁香结

064 | 山楂红了

067 | 晚秋

069 | 秋分

072 | 红果冰棍儿

辑三 芳华

077 | 芳华

079 | 春晓

081 | 凤凰花开

083 | 盛放

086 | 风铃

089 | 这一年，我怎么在虚度时光

091 | 今天，你好

092 | 酒窝儿

094 | 樱花落

096 | 雪绒花

101 | 多么安静

103 | 醒来,我们早已无足轻重

105 | 烟雨飞花

106 | 岁末,请收藏起我的爱

109 | 出水莲

110 | 荷香花影

111 | 与莲缠绵

114 | 梅

116 | 青蓝

119 | 雨花石

121 | 极美

124 | 岸

126 | 亏欠

辑四 秋天,我寻梦而来

131 | 秋天,我寻梦而来

134 | 剪影

136 | 爱

138 | 离别时,那年

140 | 你好,我才好

143 | 给妈妈的碎碎语

146 | 煮秋

148 | 问安,再问安

150 | 那里,有架秋千

153 | 中秋

155 | 向阳花

157 | 鸢尾花

161 | 无他

163 | 蓝

165 | 开花的梦

167 | 爱,不等来生

170 | 回头是爱

辑五 飞花擦肩

175 | 飞花擦肩

178 | 我把愿望放在你那里

181 | 绣花裙

182 | 蓝色妖姬

185 | 白露

187 | 寒露

189 | 霜华

191 | 妈妈,南方温暖

195 | 深海寻珠

197 | 风的女儿

200 | 向岁月致敬

202 | 我想，我需要一盏灯

204 | 八月，陪妈妈在医院的日子

208 | 日子——给母亲的碎碎念

211 | 海鸥与礁石

214 | 龙凤和鸣

216 | 致岁月·无问西东

222 | 清明

224 | 一首属于你的诗

227 | 后记——拾爱，清香一世

惊蛰

辑二

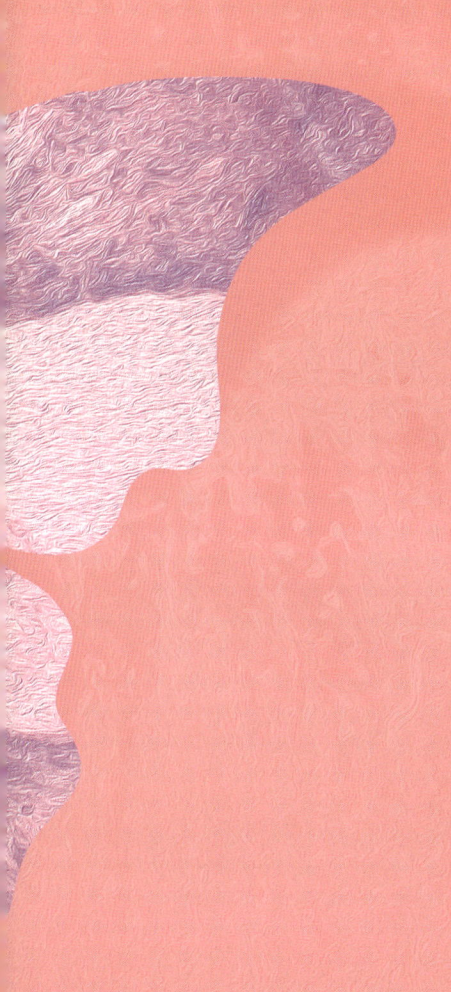

惊蛰

桃花红了又红

犹如太阳身上抖落下的赤朱丹彤

李花白得素洁,白得安逸,白得高雅

像水彩画中安静的姑娘

回眸中,那束光温润潋滟

城里城外的喧嚣

是春芽破土的喘息

是虫儿们欢快的律动

是燕雀归来的啼鸣

嫩柳婀娜摇曳啊,轻轻地,轻轻地

撩拨着光阴里的故事

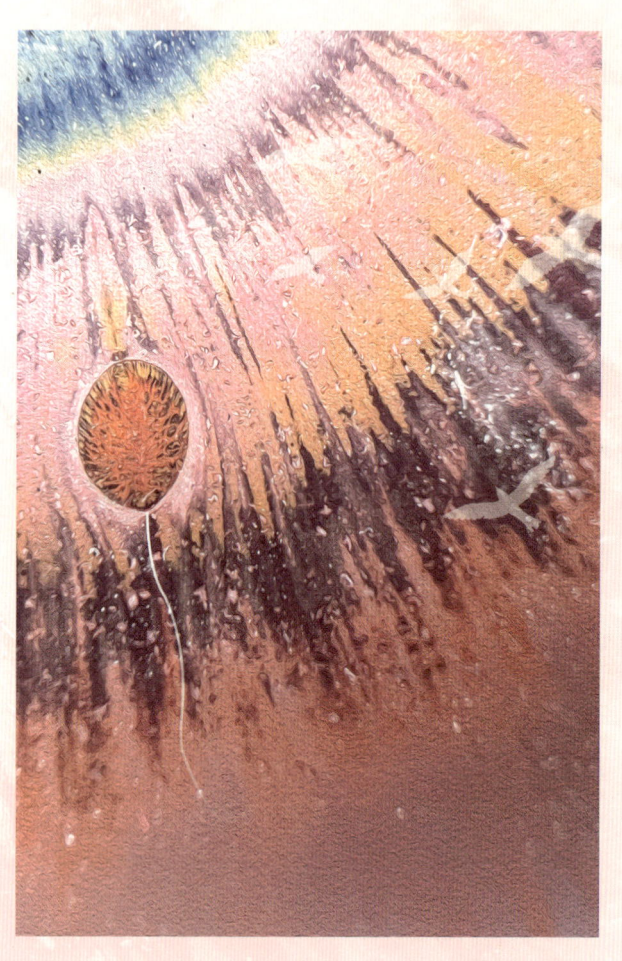

或许你我都在等待

等待每一次的春暖花开

等待每一次的满眸惊艳

即使时光老去，即使容颜已改

那份美，那份温情

会在每一次的蛰醒中绽放

或许我还在等，等你

蓄满池红绸，染烟雨轻舟

画春天，画岁月静好

画出我眼眸中的那道虹

嘿，我被你惊醒了

涅槃那瞬，色彩斑斓

图腾

双眸在不停地闪动
吧嗒吧嗒，像星潮荟萃
划过孤寂的夜空
月亮发着光，河流湍急
心底冲出想飞的翅膀

是否，我该褪去所有羁绊
撑一叶生命的小船
顺着记忆的藤蔓爬出天外
把一切所愿还原成最初的模样
我在想

还是做一粒尘埃吧

匍匐于自己的这片黄土地

自远古传来笛声

悠扬,风沙漫天,松枝起伏

枯叶,脉络清晰,汇聚出古老的图腾

阳光,飞鸟,花与海

祥云深处,还有正在补天的女娲

和风吹拂,岩石染色

万物魂灵在复苏,从此

向美而生,江河柔软

禅音,入海或随风

我,是一叶又轻又小的羽毛

风很轻很柔

托起一叶安静的羽毛

为初春的暖,轻扭腰肢

一杯酒,一段往事

像雾像雨漫过老树的垂影

把远去的岁月融成一首诗

仿佛,我

醉生梦死地变成一对斑斓的翅膀

躁动着五彩缤纷的世界

仿佛,我

又在静默无声地翻着泛黄的日记

那些故事啊，小心翼翼地慢慢流动
好看，好美

或许，你不会在意
我已变成那叶又轻又小的羽毛
在广阔的天空下轻歌曼舞
流连。风依旧很轻很柔
而我，喜欢，依旧喜欢
用单纯、青涩、卑微的生命
轻扭腰肢

我，是一叶又轻又小的羽毛

一尘不染

一场接一场的细雨

把春色洗得淋漓尽致

那花儿,那江,那人

轻柔,舒展,彩色斑斓得清澈

所有的美好,挤满三月

挤满我的眼眸

真的喜欢在雨后的街上行走

看着江水轻泛涟漪

听着鸟儿飞跃出巢的脆鸣

闻着雨后的馨香

想着一个甜美的属于自己的故事

此刻,我该放飞所有的思念
轻展双臂,用春的暖,用春的温存
用春的浪漫迎接你
把初心化成一串绝美的音符
只为你跳动,一尘不染

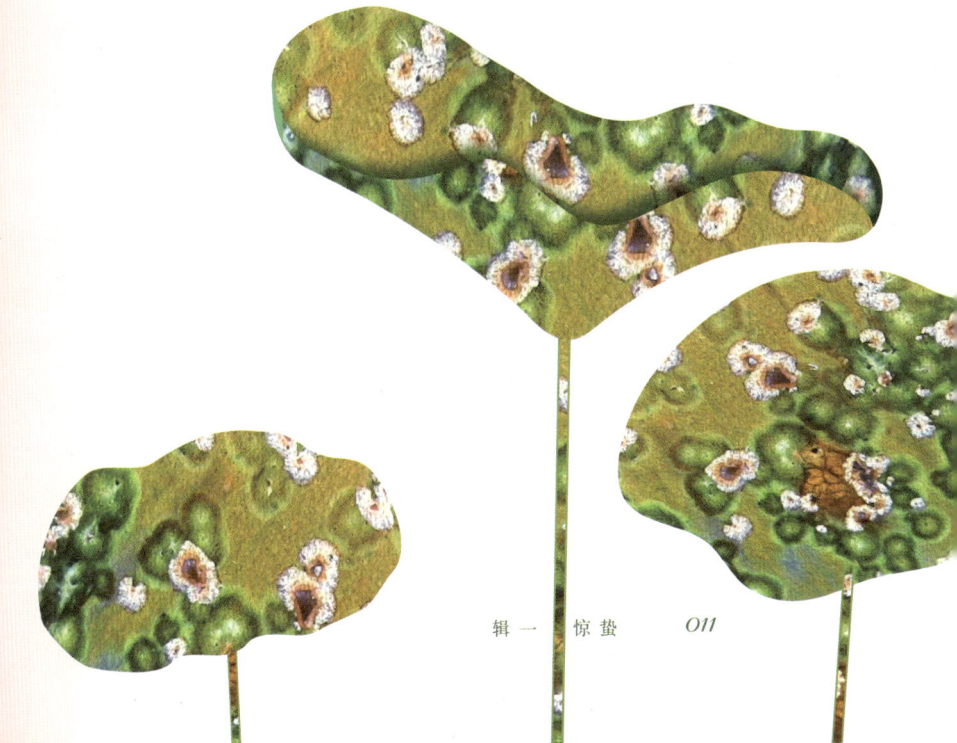

树

我要抬着头,才能看到
褪去奢华绿叶的你
依然高高擎起枝丫,伸向云端
穿过你裸露的筋骨,看天,看云
看太阳

你那么安静,坚韧又挺拔
那坚韧是一种北风撕裂的痛
安静里沉淀着沧桑和悲喜的过往
那挺拔,用最高尚的姿态
无畏冷漠,无畏孤独
即使冰冷和寒夜在年轮中反复

向上，再向上

让我顺着你高高擎起的枝丫追行

那是冬的剪影，烙在岁月的最深处

喧嚣中有蓦然回首的痛楚

还有倒挂在枝丫上的纸风筝

寒风刮过，阳光从容

那裸露着筋骨的树，那天空，云朵

飞鸟和那些忙碌的人们

构成一幅不朽的画

冬的留白

是一种庄严，是一种坚守

是有尊严地活着

活着

萤火

初夏

总能让点着萤火的虫儿

隐隐发光

从发现的那一刻

一点儿,一点儿连成一片

听见了吗?

女孩儿们的尖叫,欢呼

她们从城里来的

她们第一次见到发光的小虫

她们追着移动的光

她们把光捧在手心里

迫不及待,她们想看一看虫儿的模样

看一看虫儿身上的那盏灯

是童话吗?
终究,她们读懂了海子
读懂了村口的那群孩子
读懂了她们手中发光的玻璃瓶
萤火的归宿
初夏。我说
点着萤火,总有一束光属于我吧

写给Popo的等待

每一天
隔着窗
看这个世界
花花草草
行人匆匆
迎着风
闻着世界的味道

每一天
同样的一种姿势
同样的一种等待
盼着有你有我的出现

熟悉的身影

熟悉的味道

每一天

都有你的故事

每一天

都有你的呼吸

每一天

在有你的空气里

一起欢乐

一起发呆

（注：Popo是作者家中饲养的宠物犬）

海螺姑娘

她美得让人依依不舍
像一幅充满魔力的画,总让我忍不住
朝着她的方向回眸,再回眸
向着东方,东方是海

她笑得娇羞,像童话,像天使
坐在月牙上,摇醒半睡的天空
蓝叠着蓝,星星闪烁,像追逐的梦
她清纯细腻,像小溪,像山泉
轻歌曼舞着,流入江河汇成海
浪推着浪,卷起长空,又像奔腾的骏马

她赤着脚,带着湿漉漉的文字

邀月。幕垂海岸

她弄箫抚琴,天籁和音,我在听

她抛石戏海,激浪成泪

我在看,而我也在等

等她回眸,向着东方,拨弦

巧指摇曳,震动起一颗一颗蓝色的泪珠儿

那么蓝,蓝得深邃,天水满目

倒映的繁星像漫天萤火

嘿,她是谁家的女孩呀?

带着我,月儿做船风儿做帆

向海的深处盘绕,再慢慢升腾

父亲的车站

墨色的清晨
飘着棉絮般的雪
在渐暗的灯影里簇拥盘旋,飘落
铺成一条银白的大道
很长,很远
这儿,就是父亲接我回家的车站

缓缓靠站的列车
拉近着我与父亲的距离
站台上,父亲追着移动的车厢踉跄地小跑着
眼眸中迸发出喜悦的光芒
睫毛上闪动着一排晶莹的冰碴儿
他不停地呼唤着我的名字

嘴边还飘着白色的雾气

嘿，爸爸，老爸，别跑，小心地上滑

我喊着，拖着沉重的行李

拨开拥挤的人群，冲出车厢

我挥着手，使劲儿地喊

心，在飞扬

三步并作两步，我们冲向彼此

终于，我踏上了家乡的土地

终于，我可以踏实地拥在父亲的怀里

暖啊！

像极了儿时的我

把头埋在他的胸口

深深地给他一个小棉袄的柔情

这一幕是永恒，静得无声，听不到呼吸

这一幕是永恒，雕刻着泛黄的记忆

这一幕，是深情，是宠溺，是我再也无法回报的痛

这一幕，让思念重叠着思念，这是父亲的车站

多年之后，我把装有母亲的小盒子

放在他的小盒子旁边

轻轻地对他说

老爸，老妈来了

你们要相互照顾好彼此，好好过日子

好好地呼吸，好好地活着

方寸之间，是天！是地！

你走，我不送你

你回，我一定接你

这是父亲说的话，是我回家的念想

于是，我把沉重的行李还给车站，回去遥远的途中

风吹着冷。吹着雪，漫天

依旧是那站台，清晰的身影

父亲拉着母亲的手

他们蹒跚着，他们呼唤着

他们追着慢慢靠近站台的列车

他们身后是一串串深深浅浅的脚印

风,吹着冷啊

吹着嘎吱作响的脚步声,渐行渐远

我的视线模糊,喉咙哽咽,心在挣扎

拼命地喊着未曾说出的

爱,在升腾

跪下,磕头;再磕头,再跪下

朝着他们走去的方向

这一路很长,很远

馥影

横笛梵音花照水,
轻歌远吹羡繁蕊。
玲珑扶风逐锦瑟,
点墨含露沁芳菲。

柳眉仙姿颜欲醉,
纤裳旖旎染霞晖。
松琴弦指如蝶舞,
瓣花瓣落伴梦归。

红

她离我很远,却又很近

从模糊到清晰,色彩生动

点点碎红簇拥的花锦,冲出如帘绿柳

她们唱着歌,化蝶纷舞

她们蘸着粉色的杏花雨

漫浸古老的城池

一半雾蓝,一半青绿,一半嫣红

曾经,是谁家的姑娘

靠在红漆门前看余晖荡漾

曾经,又是谁家的姑娘

躲在桃花影里窃窃私语

年轮在一圈一圈地疯长

花开花落,云卷云舒

过往的思念如烟

是写进皱纹里的故事

亦是榫卯旧痕的记忆

忘不了儿时攀树拨枝探雪梅

忘不了点点空中柳絮飞扬

忘不了冷雨初晴的繁华与喧嚣

忘不了那红,那绿,那金黄

那玉带汩汩流声,如梦盘绕

她离我很近,却又很远

从清晰到模糊,那令人感动的年华

或许,我该趁着时光未老,花红锦簇

趁着思念未浅,绿意正浓

伸出双手去抱拥

抱拥那曾经的曾经

抱拥那个靠在红漆门前的姑娘

朱砂红

乡下的夜晚要来得比城里早

黑灯瞎火的大院子里

奶奶摇着蒲扇，悠悠的清凉

有节奏地吹着我

仰起头，天那么高

星星跟着我的头一起晃啊晃

我数着星星，一颗一颗做着记号

这是我儿时记忆中最多的回放

奶奶说，她的爷爷奶奶也是天上的星星

城里的夜晚要来得比乡下晚

街灯闪烁，亮过天上眨眼的星星

趴在窗前望见天外，我数着深深浅浅的星星

大的，小的，一颗一颗记住他们的名字

分辨他们的颜色

常回家看看,我时常做着梦,伸手

触摸着幽蓝的天幕

妈妈说,她的爸爸妈妈也是天上的星星

岁月更迭,城里城外星星不熄

记忆在岁月里游走,霓虹晕染

繁星安静,他们倒映在江南的水墨里

我在数星星,唤着他们的名字,随风

在每一个角落。由浅到深

大的,小的,我在寻

从金色到一抹抹朱砂红,一颗一颗

像晚霞在燃烧,蔷薇般绽放,思念在跳

抬头,又见北斗,那是爸爸妈妈啊

他们在天上看着我,他们

在看着我啊

放星星的人

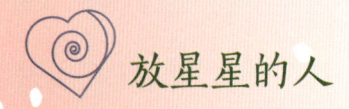

初见，隔着屏幕。

在喧嚣中，我聆听和观赏，一盏一盏，像我儿时的万花筒，色彩斑斓，绽放着。跟着流光溢彩的一只只美盏，逾越千年，去膜拜一段段往事。去赏花赏月，去看高山流水，去听琴瑟和鸣。所有的美随光流动，随水亦随风，满池生辉。

那天，他拿出两只有特别纪念意义的建盏跟他的朋友们分享。他说，这是送给父母亲的，希望朋友们的父母亲幸福平安。

情到深处。他还年轻，他多么希望父母亲还能在他的身边。我看见他眼眸中的泪光。

哽咽着，我买下了一只平安盏。可我该送给谁呢？我跟他一样啊。或许该是岁月的力量，让人生恍若白驹过隙，如此而已。即使能长活久安，也要记住父母的恩情和疼爱，记住能记住的每一个温暖的场景。失去，是永远的遗憾和不舍，是铭心刻骨的痛。

我知道，他的一只只星盏里，有解不开的牵绊，发不尽的心音。

一盏一世界。不论春花秋月，夏阳冬雪，或是山川河流和万物生灵，在行走的斑驳岁月里，一切如同划过掌心的温柔，来得不声不响，却让人心生欢喜，妙不可言。

我睁大眼眸，缓缓仰起头看星星，那是我儿时的万花筒，是我儿时变幻万千的世界呀。一帧一帧的幻景，随光漫舞，热烈而又缠绵缱绻。

我说，他是一个放星星的人——我喜欢的。

仿佛，他本来就不是梦

红果冰棍儿

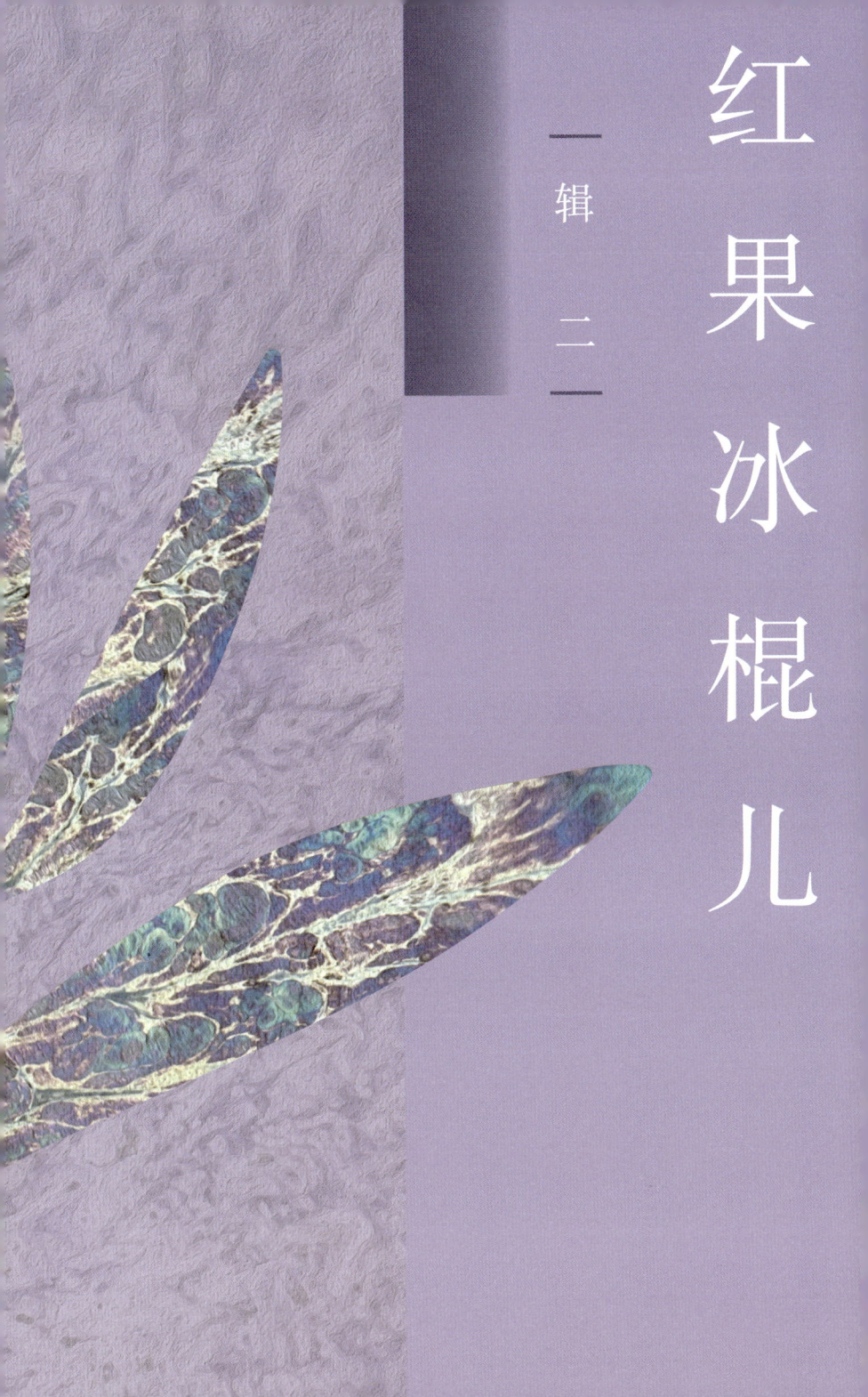

辑二

南城

那场景，在生命的某个阶段停格
又在多少次回忆里迭起
东西南北，中
那么清晰，错落有序

不提那名叫菜市口的曾经
只念已经不见的方向标
那座小小的天桥
连接南北，贯穿东西

记住啊，爸爸指着灯火的方向
往东，珠市口
往西，牛街

往北，宣武门

往南，七井胡同，你就回家

我和爸站在天桥上

十字街口的正中

那时不见霓虹

我记住了那天的日子

记住了那些难再见的招牌

鹤年堂，同仁堂，茗茶庄

还记住了那古老的南城

那个卖冰棍儿的老奶奶

那场景，那声音，似在天外

仿佛，他本来就不是梦

或许梦里还没找到回家的路
弯曲，沟坎，雨淋过后的石阶，青苔
还有矮小泛着潮气的阁楼。堂屋
厚重的木门，门内人影的晃动
清晰，真实。却又鸦雀无声
明知道是梦，可我还在兜兜转转
似醒非醒，踩着绵软的脚步
依然在寻找回家的路

遇上一个干净的孩子，明朗透彻
他指着那个光亮处，细碎的阳光
洒在水流轻缓的池边
池中雕刻的莲花，于波心荡漾

古老而又沉着

看啊,我终于欢跃起来

即使还在沉睡中,依然用力迈开脚步

向他走去。温暖,热烈

像以往一样,他在笑

像以往一样,他灿烂,祥和。他的眼

像星子一样,放射出光芒

他还那样温暖,我依然环抱着他

这一次,我需要他的聆听

需要他和我一起

走出泥泞。需要他和我一起回家

这一次,他笑得深沉,直至心灵深处

他需要我的奋不顾身,激流不退

他说,黑夜并不漫长

仿佛,他本来就不是梦

满月

把时间切开,让细碎的梦进来

梦里,不是过往,是当下,是现在

耳边萦绕,再清晰不过的声音

一直在回忆,再清澈不过的场景

您和我

您说的,想进来又不想进来

是梦里还是家里

进来又怕影响我什么

是家里还是梦里

无妨啊,妈妈

您是我的唯一啊

我说,我需要您的陪伴,需要您的呵护

我还是个爱撒娇的孩子呀

时间,又把打湿的梦切碎
我知道,我需要把它一片一片接起来
真好,有您。陪我多待一会儿吧
喝口热茶,是茉莉花味的
您说,真香

这是一个什么样的早晨啊
太阳还隐在天外
只有啾啾的鸟鸣
忍不住拨通您的号码
我知道,今天是您满月
今晨的窗帘不必打开
只有您和我

您,轻轻地呷一口茶
嗯,真香。您满足地回味着

妈妈，我继续给您写信

妈妈，您好吗?
我这里下了入冬以来的第一场雪
来得比往年都及时
妈妈，您应该能听到飘雪落地的声音
您那里一定是雪花飞舞
告诉我，您是喜欢用凄美的，轻柔的
还是欢快的句子
形容这场浩荡的飘雪?

妈妈，雪落在我的身上
落在嬉闹的孩子们身上
落在树梢上，秋千上
满城银白
妈妈，这雪啊，飘啊，飘啊

可我却怎么也听不见她的声响

空留下幻想，是寂寞，是孤单

更是一场无止的梦境

执笔，踏着飞雪的光影

信笺沙沙作响

妈妈，您好吗？

我继续给您写信

这个雪后的早晨

您喜欢的

窗内，茉莉花茶，香气蒸腾

窗外，安静，明亮

空气美好

暖

嘿,我看见雪了

深深浅浅,脚的印痕

满眼的雪松

露出一抹一抹嫣红的梅花,安静

紧裹着银装

嘿,我看见爸爸了

银白的雪花镶嵌在他的睫毛上

如星辰般耀眼,灿烂

嘿,我看见妈妈了

拍打着我身上的雪花,来,快进屋

她笑得那么开心

深处,是隐藏在心底的记忆
深处,是渴望,在有时与无时之间
爸爸妈妈的疼爱,永远是那种真实的存在
是圣洁,是干净

是啊,我看见雪了
我看见爸爸妈妈了
看见他们年轻时的模样
深深浅浅的那些场景啊
我还看见我了,那双冻红的小手
紧紧握在爸爸妈妈的手心里,暖啊
好暖

炸酱面

很久,没有这样感动

很久,不知道该怎么表达心声

可是,我想,我知道

你为我感到荣耀,你自豪

三分就好

你带着我走进人间烟火

赏遍春花秋月,岁月浮沉

四季叠着四季

悲也好,喜也好

我都在努力地缤纷绽放

直到有一天，我抱紧双臂蜷缩在梦境里

等你

等你来

今夜，我可以不那么坚强

可是，我想，我该开心起来

七分就好

我想，你知道

此刻，我该点上一盏烛光

轻轻为你扯上一束桃花

折一封思念

摆一双筷子

再端上一碗炸酱面

今夜是除夕——逆行

今夜,我隔着屏幕向你问安

道一声新年好

今夜,是除夕

满城寂静

通往那个地方的列车

空虚寂寥,只有你一个人

今夜,是除夕

偌大的车厢，空旷

没有了往日的喧嚣

是的，我真真儿地看

清清楚楚，你一个人

一个人的除夕夜

通往那个地方，险恶重重

危机四伏

而你，依然是浅笑的模样

温暖的目光，坚毅沉着

你说过，愿将人病犹己病

救得他生是我生。医者，慈悲为怀

是的，你带着一颗善良的心

带着人民的期望，逆行而上

没有华丽的辞藻,没有悲壮的誓言

你用医者的精神,释放出人性的光芒

传递着无疆的大爱

暖,在冰冷的寒冬。暖,在于心

今夜,是除夕

一个没有和家人团聚的夜晚

只有轰鸣的列车与你

逆行而上。我,此时的文字已贫瘠

隔着模糊的屏幕,再次向你问安,再问安

德叔,保重。德叔,我们等你凯旋。

今夜,是除夕

(注:德叔是作者尊敬的医生张忠德先生)

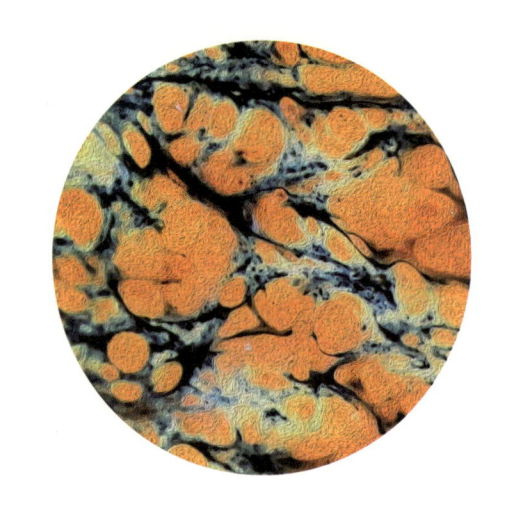

木棉花开了——坚守

终于,你笑了,包下春天里所有的笑

那笑容,一如既往地灿烂

一如既往地温暖

十七年,两场"战疫"

打得艰苦,打得悲壮,打得从容

他们说,你的声音特别好听,听了心安

他们说,你的脚步沉着,坚定

他们说，你是生命的脊梁，是暖，是力量

他们说，你是他们活下去的希望

你呢，又包下春天里所有诗句的经典

你说，我是一个医生，只是换了个工作地点而已

你说，这里有需要我的病人，这便是我最深沉的牵挂

你说，我们这个年纪，做事就凭两点：责任和良心

你说，哪有这么多英雄，我只是一个医生

像这个春天，由雾色渐蓝

吹了又吹的风，凌乱着你的头发

由黑色到斑白，仿佛就在一夜之间

从除夕又过春分，送走一个又一个你的他们，回家

而你，依然在那里坚守

像这个春天，风在慢慢变甜

爱在疯长，我们的牵挂呀

依旧锁在春天里守望

那件雪白的外套,充当起春天的旗帜

谱写着生命的长歌

快看啊,隔岸,樱花开了,又谢了

纷纷扬扬,悠悠漫天

仿佛在倾诉曾经的无助

曾经的心酸,曾经的期盼

把所有的震撼化成铭记,刻骨

把所有的遇见化成永恒,即使在瞬间

她们记住了众志成城

她们记住了你和你的他们

我想说,德叔啊,快些回来

别让家乡的春天压抑太久

你看,咱这里的木棉花都开了

幸福开花儿了——凯旋

最喜欢看白制服上的那两个字,德叔
最喜欢听大家开心温暖地喊着,德叔
没有什么事,能比你凯旋更让人开心
看到你眉间舒展,微笑的瞬间
幸福就开花儿了

三个月,三个月的期盼啊
三个月,那颗放不下的心

怎一个等字了得

等，我备下了你特别想念的好吃的

那是家的味道

等，她学会了一首《平凡天使》

唱给你听

等，他讲述着前线传来的一个又一个

关于你的故事

等，他为你的《出征》作画三天三夜

那是至暗时刻的一束光芒

如春风翻动的诗章

等啊，还有就是你的她啊

多少日夜的期盼

终于

她放下了那常人无法再次承受的沉重

她放下了所有的担心

偷偷地拭去泪水

久违的，那微笑，那眼神

心底轻涌的温柔，如绢缱绻

浮华褪尽，爱意渐浓

请让我借渐白的晨色，蘸着云雨

一字一句，写下喜悦，写下心的告白

我们不再回忆那些惨烈和焦灼

我们只要万物和生灵，充满善意和慈悲

我们只要阳光，空气和你

德叔啊，当你眉间舒展，微笑的瞬间

幸福就开花儿了

大漠花影

我说,他是一个拓荒者

穿过时光的围墙

复活一个千年的传说

他把所有的梦想

雕刻成花,墨染成画

在浩瀚沙海中开出绿洲

开出荷塘月色

开出我梦中的海市蜃楼

我说,那些嫣红的小花儿

就是他复活的女孩儿们

一朵一朵啊,像天使

她们卑微而又坚强地仰起头

任长风西卷，沙尘飞扬

她们每一天，每一个时节

向晨曦，向晚霞致敬

向烈日，向寒冷问安

她们是生命的舞者，是大漠中的宠儿

今夜，我将为你倾洒甘霖

复活你的大漠绿洲，为你的女孩儿们

我会把所有的赞美融入诗行

穿过古老的岁月，轻吟宋词

听驼铃声响，羌笛悠扬

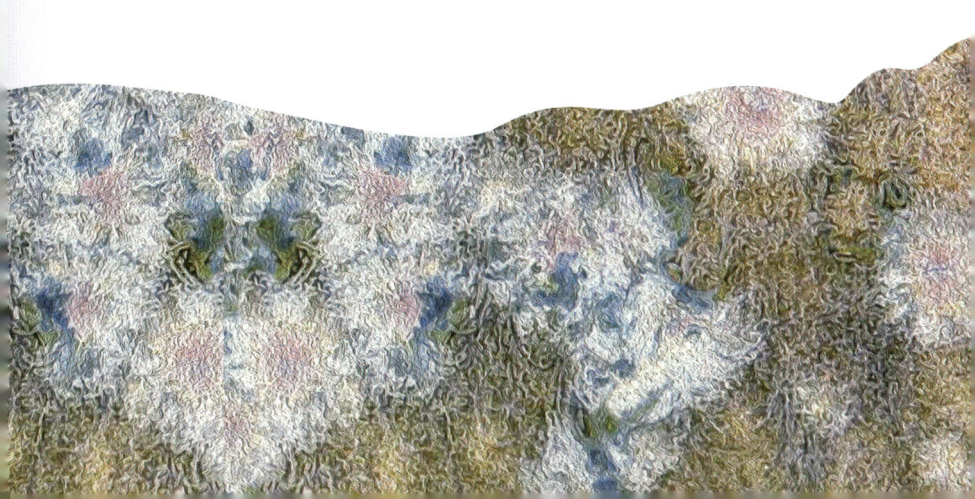

你的姓氏，我的名字

轻轻地经过我，如风儿
吹着早已熟悉的青绿
繁茂的枝叶，撑起细碎欲滴的露珠
一切都美妙，都和谐

喜欢与风儿轻吻，释放出淡淡的柔情
喜欢与丰盈的自然，交换彼此的目光
清晰，温暖，我们就这样
与世界如此靠近，安静或是喧嚣

于是，我就像一个翻旧的日记本

被风儿吹着,合上,打开,又合上
有多少明媚,讲不完的故事
只有在世界安静的时刻,发出声响
有多少文字,写不尽的闲笔
只有在世界喧嚣的时刻,愈显静谧

或许风儿就该这样柔软,永远这样
纯粹,轻得无声,蜜意缱绻
如岁月,如水流,轻轻地经过
你的姓氏,我的名字

丁香结

曾经渴望的梦

不深不浅，在琥珀色的月牙中

开出一朵朵小花儿，一片一片

淡淡的紫

曾经渴望睡在梦里

等冷风轻吹，看花儿纷落

那条孤寂的小路，载着我悠长的回忆

一抹一抹忧伤，结在枝头上摇曳

总在那时，夜，暮蓝

可以让思念释放如潮涌，奔腾不息

我没有在你面前时那么坚强

想你的时候，我会哭

使劲儿地哭

那泪化作纷落的花雨，向云端

丁香盛开，适合思念

丁香凋残，往事都随风，是你说过的

你坐在月亮上面看着我

如丁香结着爱意，岁月里缱绻

你闪着光，掬着温暖

我的心啊，飞向你

妈妈，你在笑吗？

妈妈，你笑疼了我的忧伤

山楂红了

听到星星坠落的声响

看见漫天萤火,踩着风起舞

又在黎明前隐匿山野

静谧,晨光轻洒

这是你给我的风景啊

也是我梦里闪现过的,那么美

像山楂熟透的时节,金黄的叶子

托起这般玲珑透红的小灯笼

露水搭着露水,地上的青草也淌着

欢乐的泪珠儿

近一些,再靠近一些

我要站在这片斑斓中

听飞鸟唱歌

看那花,那草,看天边泻下的彩虹

我还看见我,儿时的我,儿时的家乡

没忘记的思念,都嵌在岁月里

时而欢喜时而隐痛

未来醒了,韶华已逝

可你给我的风景,我捧在手里

依旧。你看,你看

山楂真的熟了

红得像火,红得发紫

一半酸,一半甜

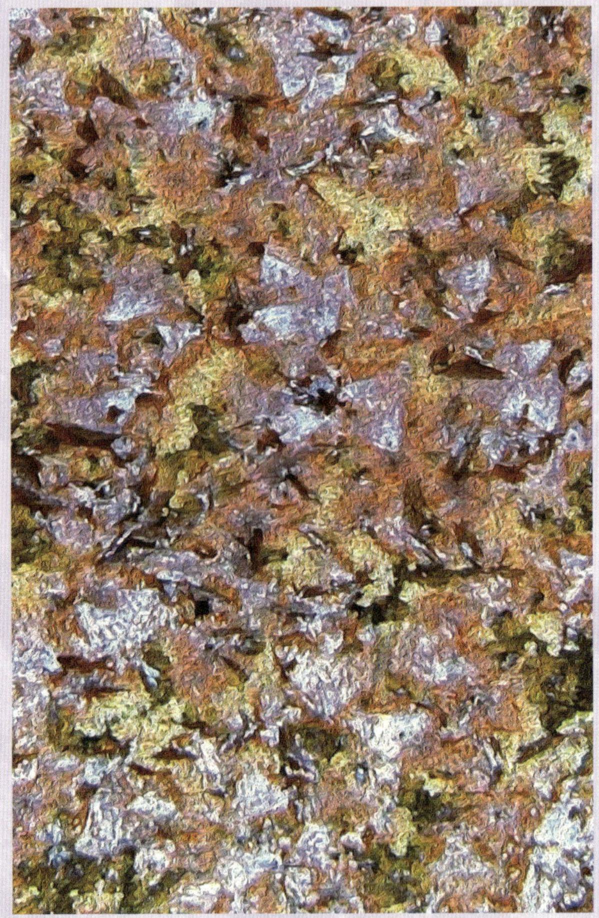

晚秋

她是舞者,我凝视
斑斓如梦,心在动
她是披着霞光盛放的芦苇花
身姿摇曳,随着风

我的心在融化
化成一只婀娜的蜻蜓
立于湖中小船的棚顶
看他驶过湖面泛起的波光涟漪
看芦苇深处惊起的鸥鹭,我追逐
看醉色的苇絮悠扬漫天

谁呀,你可看见我的欢喜
谁呀,你可看见你自己,在我诗行里

是穿越千年的画卷

谁呀,你可看见我的翅膀

牵云弄袖

打开是远古,合上是未来

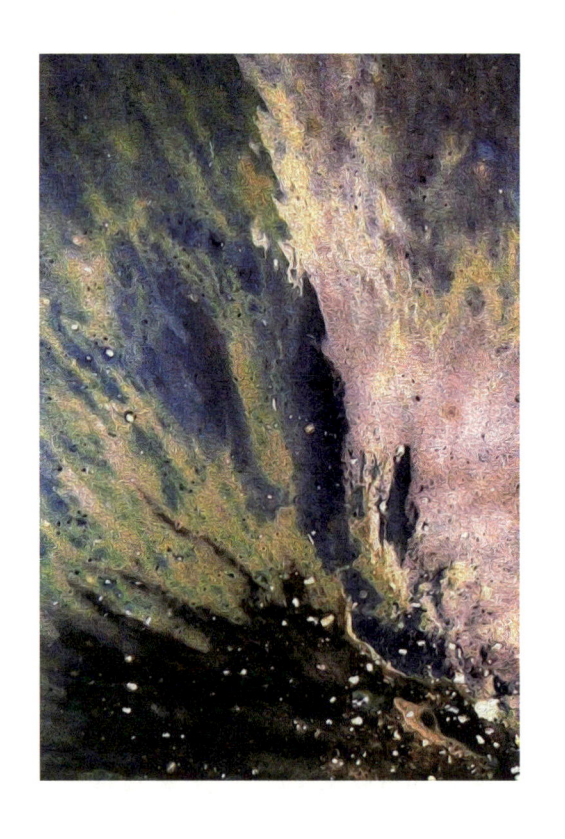

作者的话

书中的图片源自我国非物质文化遗产——建盏，它们是建盏的微距照片经设计师陈宇丹后期制作而成的，前后耗时三年，每一幅图片与读者的相遇都历经磨难。

我猜大家都喜欢万花筒变幻无穷、捉摸不透的美妙画面，而对着建盏进行微距拍摄，就像从变幻无穷的万花筒里捕捉一张最美的画面，过程极其折磨人。所以，每一幅作品都来之不易。从日出到日落，我要在不同光线下对着一只建盏拍摄上百张甚至更多的图片，有时候拍摄数小时才能筛选出一张相对满意的图片，后期还要由宇丹添加油画效果。当看到最终呈现出来的图片效果时，我哭了。美，真的特别美。我想，当你看到这么美的图片时，会不会对着它们笑一笑呢？

这份名录里，是我要记住的人——制作建盏的大师们。没有他们的继承、发展和创新，我们又怎么能通过小小的建盏欣赏到这么震撼的世界大观和宇宙万象？插图中那些生生不息的花花草草、绵延不绝的千山万水和神秘莫测的海底世界，它们在给予我无限想象力的同时，也丰富了我的写作素材。我相信，当建盏制作大师们看到他们的作品以微距照片的形式"活"在书中时，也会有小小的兴奋和陌生感吧。

据说，宋徽宗一生酷爱建盏那梦幻般的色彩，而这些色彩在本书中应有尽有，读者可一饱眼福。有时我会忍不住想，我们真幸福，活在这个时代，所有建盏的美，都能以微观的方式被发现，被凝视，被铭记。可惜了，九百多年前的宋徽宗可没这个福气呀！

— 插图名录 —

1. 目录粉色大花图、蓝色大花图——拍摄自叶涵作品
2. 目录吊坠图——拍摄自倪锋作品
3. 目录窗户图——拍摄自吴孟栋作品
4. 辑一章节页大图——拍摄自游超作品
5. 《惊蛰》配图——拍摄自倪锋作品
6. 《图腾》配图——拍摄自杨飞燕作品
7. 《我,是一叶又轻又小的羽毛》配图——拍摄自李远兴作品
8. 《一尘不染》配图——拍摄自陈郑敏作品
9. 《萤火》配图——拍摄自陈家辉作品
10. 《写给 Popo 的等待》配图——拍摄刘友良作品
11. 《海螺姑娘》配图——拍摄自高绍雄作品
12. 《父亲的车站》椭圆形配图——拍摄自吴志勇作品
13. 《父亲的车站》小鹿图——拍摄自罗睿智作品
14. 《朱砂红》配图——拍摄自赵丽美作品
15. 辑二章节页大图——拍摄自倪锋作品
16. 辑二边角小图——拍摄自谢长旺作品
17. 《仿佛,他本来就不是梦》配图——拍摄自黄长发作品
18. 《满月》配图——拍摄自高绍雄作品
19. 《妈妈,我继续给您写信》配图——拍摄自黎韵华作品
20. 《暖》配图——拍摄自梁向昭作品
21. 《今夜是除夕——逆行》配图——拍摄自赵丽美作品
22. 《木棉花开了——坚守》配图——拍摄自罗福进作品
23. 《幸福开花儿了——凯旋》配图——拍摄自陈家辉作品
24. 《大漠花影》配图——拍摄自黄长发作品
25. 《丁香结》配图——拍摄自吴孟栋作品
26. 《山楂红了》配图——拍摄自赵丽美作品
27. 《晚秋》配图——拍摄自赵丽美作品
28. 辑三章节页大图——拍摄自叶涵作品

29. 辑三边角小图——拍摄自黄长发作品
30. 《芳华》配图——拍摄自承宋作品
31. 《春晓》配图——拍摄自梁向昭作品
32. 《凤凰花开》配图——拍摄自谢长旺作品
33. 《盛放》配图——拍摄自林辉作品
34. 《风铃》配图——拍摄自陈家辉作品
35. 《这一年，我怎么在虚度时光》配图——拍摄自罗福进作品
36. 《酒窝儿》配图——拍摄自陈丽娜作品
37. 《雪绒花》配图——拍摄自赵丽美作品
38. 《醒来，我们早已无足轻重》配图——拍摄自叶涵作品
39. 《烟雨飞花》配图——拍摄自刘友良作品
40. 《出水莲》配图——拍摄自郑国明作品
41. 《荷香花影》配图——拍摄自赖金荣作品
42. 《与莲缠绵》配图——拍摄自蔡龙作品
43. 《梅》配图——拍摄自赖金荣作品
44. 《青蓝》配图——拍摄自赵丽美作品
45. 《雨花石》配图——拍摄自赵丽美作品
46. 《极美》配图——拍摄自赵丽美作品
47. 《岸》配图——拍摄自郑国明作品
48. 辑四章节页大图和底纹——拍摄自刘唐慎作品
49. 辑四飞蛾边角小图——拍摄倪锋作品
50. 辑四蝴蝶边角小图——拍摄自杨建华作品
51. 《秋天，我寻梦而来》配图——拍摄自杨建华作品
52. 《剪影》配图——拍摄自杨飞燕作品
53. 《你好，我才好》配图——拍摄自赖金荣作品
54. 《给妈妈的碎碎语》配图——拍摄自陈丽娜作品
55. 《煮秋》配图——拍摄自叶优萍作品
56. 《问安，再问安》配图——拍摄自李昌海作品

57.《中秋》配图——拍摄自倪锋作品

58.《向阳花》配图——拍摄自罗睿智作品

59.《鸢尾花》配图——拍摄自黄长发作品

60.《无他》配图——拍摄自梁向昭作品

61.《蓝》配图——拍摄自叶涵作品

62.《开花的梦》配图——拍摄自陈郑敏作品

63. 辑五章节页大图及边角小图——拍摄自倪锋作品

64. 辑五章节页底纹——拍摄自赵丽美作品

65.《飞花擦肩》配图——拍摄谢长旺作品

66.《我把愿望放在你那里》配图——拍摄自赵丽美作品

67.《绣花裙》配图——拍摄自游超作品

68.《蓝色妖姬》配图——拍摄自赵丽美作品

69.《白露》配图——拍摄自顾攀虹作品

70.《寒露》配图——拍摄自倪锋作品

71.《霜华》配图——拍摄自林辉作品

72.《妈妈,南方温暖》配图——拍摄自袁文辉作品

73.《深海寻珠》配图——拍摄自倪锋作品

74.《风的女儿》配图——拍摄自周家勇作品

75.《向岁月致敬》配图——拍摄自肖丽霞作品

76.《八月,陪妈妈在医院的日子》扇子图——拍摄自张政作品

77.《八月,陪妈妈在医院的日子》长方形配图——拍摄自赵丽美作品

78.《日子——给母亲的碎碎念》配图——拍摄自倪贤华作品

79.《海鸥与礁石》配图——拍摄自袁文辉作品

80.《龙凤和鸣》配图——拍摄自谢长旺作品

81.《致岁月·无问西东》配图——拍摄自翁华清作品

82.《清明》配图——拍摄自刘友良作品

83.《一首属于你的诗》配图——拍摄袁文辉作品

84.《后记——拾爱,清香一世》配图——拍摄卢国顺作品

秋分

关紧门的房间内,只有医生刚刚搬进来的呼吸机随着时间在不停地运转。

那个时刻,我知道,母亲的这一半世界正在倒计时,她的一呼一吸都在震颤着我的心房。她说,她看见我爸爸了,还有我的外公、外婆,她以前的同事,她还告诉我他们的名字……他们都在她的脑海中交会。

偶尔,她会颤抖着说出几句话。我安抚着她,老妈,咱们不说话,保持体力。您想说的话,我都明白。不知不觉,我忍不住地流泪,深呼吸,这样好把心头的苦涩咽下去。我多想把时间的发条倒转,让它回到秋分前的一天,母亲还好好的,我还跟她不停地拌嘴,还惹她生气。

我就这么一直呆呆地坐在她的床前。其间，我不停地帮她拍着背。护士长说我拍背的手势比一些护士还要专业。往后的每一天，我都跪在她的床上重复着这个动作。老妈喜欢被拍背，这样她的呼吸会通畅一些。可是她心疼我，甚至有一次把我气走了。那一夜我哭了很久。第二天早上，我回到她的房间，老妈说，乖子（"乖子"是作者妈妈对作者的昵称），还生气吗？我是真的心疼你，怕你太累啊。我看到她眼角流着泪。她多么无助，她多么不舍，我知道，她很坚强，她很想陪我慢慢变老，她在尽力啊。

是啊，那时，我多想好好抱抱她，多想尽可能地为她做些什么，尽可能地守在她身边，不错过每分每秒每一个和她在一起的细节。可是，她给我的时间却越来越少了。我忍着，不哭。心却不停地抽搐。

这一切都是注定的，是命。无法避免，更无法扭转。从那一刻起,光阴斑驳的长廊,一帧一帧重叠,慢慢回响。留给我的世界就此变得孤独空荡。

那年秋分,影像沉重。

那年秋分,渐灰的树叶被细凉的风卷起又飘进你天天驻留凝视的池塘。

那年秋分,一半白天一半黑夜,我的心却一半人间,一半天堂。

红果冰棍儿

多年以前,不知道从什么时候开始,那条幽暗的胡同渐渐明亮起来。路灯从木杆子换成了水泥杆,白炽灯换成了日光灯。

听啊,北风在吹呀,吹着那个老胡同里的味道,吹着卖冰棍儿老奶奶的吆喝声,深深浅浅地飘到每个角落。那么冷啊,颤抖的吆喝声与风声在深秋的夜幕中交融。

终于,那个小女孩儿再也禁不住红果味道的诱惑,撒着娇,趴在爸爸的肩膀上。爸爸,红果冰棍儿是不是很好吃?要吃,就要吃。

爸爸拿起小斗篷把哭闹的小女孩儿裹起来,扛在肩上,追上卖冰棍儿的老奶奶。最后一根,老奶奶说,卖完了,可以回家暖和喽。然而,爸爸却扛着小女孩站在有穿堂风的门道里,等着她把那根冰棍儿慢慢吃完。爸爸说,如果回家里吃,小女孩儿的妈妈一定会生气,更害怕家里的小弟弟也闹着要吃。

那个记忆,永远那么近,那么深。那风吹着,真的好冷啊。可是那根冰棍儿在多年以前的夜幕里,冰得诱人,冰得透心,冰得让她满足。

那一次的满足留在岁月里,铭心刻骨。那一次的满足,留在爸爸温暖的肩上。

多年以后,那个小女孩儿多次往返从前的老宅,去等爸爸温暖的身影,等爸爸再扛着她,追逐那深秋的风声,那卖冰棍儿的吆喝声。可是,那个小女孩儿再也等不到日夜思念的爸爸回来,她再也吃不到那么好吃的红果冰棍儿了。

老胡同里的路灯依旧发亮,暮夜中的星星依旧闪着光。

风吹着寂静,吹着思念……

爸爸肩膀上的那个小女孩儿,是我。

即使是折翼的翅膀　我，依然飞翔，飞翔……

芳华

辑三

芳华

我，柔弱温软

轻盈而又安静

我，没有耀眼的光芒

也没有醉人的芬芳

但我可以迎着风儿

撑起一把小伞

穿山越岭，田野沟壑

向着阳光，不停地飘舞向上

婉转，绵长

来吧，带上所有的思念

带上所有的梦想，去追逐，去绽放

向着风雨

把每一个梦想化成一粒粒晶莹的种子

撒向云外千里,撒向最美的人间

即使是折翼的翅膀

我,依然飞翔,飞翔……

从没有害怕过夜的黑

因为有你,有你的繁星点点

让我撑一把小伞

轻轻闯进你的梦乡吧

许一池茗香,于你手中,暖透你的心房

踏一缕轻风,陪你扎根或漂泊

浪迹天涯

为你,我愿意,守尽这一世的芳华

春晓

喜欢清浅的日子

喜欢花开的季节

喜欢不声不响的人间烟火

喜欢那时一个叫梦开始的地方

一抹一抹温婉明媚的嫣红

一树一树嫩绿淡雅的繁华

多少温馨点缀着香兰玉洁的日子

多少斑驳是沉淀在岁月里未洗净的心事

悲也好,喜也好

相信温暖的港湾让爱如潮水

相信花开的地方让梦想疯长

看啊,长袖枝头轻舞,裙裾旖旎

花儿开了，草儿绿了，梦醒了

如初，最美是心存菩提，忘却尘念

让我化清风化细雨，和着春的旋律

为你倾洒一池甘甜

铺一纸诗笺，让指尖在岁月里蜿蜒

花儿不凋零，树草长青

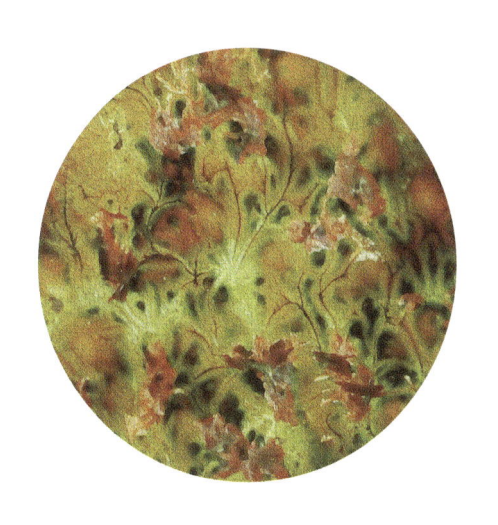

凤凰花开

或许,初夏的风是调皮的
总给人意想不到的惊喜
你看,那摇曳的花儿,梦境般绚烂
她就这么不经意地变换着节奏
跳跃着的火红,如凤凰展翅的风姿
即使飘然落地,依旧壮丽凄美

或许，在下一个节奏来临之前

会有一种神秘的力量涌动，并将蓄势待发

汩汩泉中流淌的风景

充盈的绿意随风缱绻

如思念与离别，带着渴望的情绪

渴望与她邂逅，再邂逅

融进时光的剪影，刻下无法忘却的那片火红

这一次，我要变换各种方向

踩着风的节奏

潜入她的梦境，穿梭，起舞

一步一步，由南到北，从西向东

盛放

就像我来,变换着脚步,缓缓地
被一串又一串诗行环绕
像行云,像流水,又像春天的婀娜
你看啊,我打着节拍
把每一个字按照温暖的顺序排列
她干净,她清澈,她俏皮,她又可爱

他说,他心中有一个世界
他要把坏人统统赶出这个世界
他是小小的男子汉,顶天立地
她说,她的父亲是水,是她所有的温暖
她眉清目秀,甩着一条漂亮的马尾
眸子里闪着清澈的光。干净得彻底

他们伸出渴望的双手

他们睁大探寻的双眼

他们需要知识的力量

他们需要这个喧嚣的世界

就像一叶小舟,于湖面泛起的涟漪

波光下升腾,向着阳光,向上,再向上

一切，关于你，关于我，关于生活
一切，天地之间，如行云，如流水
停不下的脚步
我们活着，活着我们的样子
活着我们的世界。干净得彻底

就像我来，变换着脚步，轻轻向远方眺望
远一些，再远一些
你看啊，被春风梳理过的嫩芽已葱茏
时光安详
你看啊，那一串又一串美丽的诗行
如花盛放

风铃

门后，依旧挂着陈旧的玩偶
是您买的
叮咚叮咚，玩偶唱着歌
恰似风铃的弦音
随着拉长再缩短的细绳
慢慢地，慢慢地，在空气里回旋

记忆，总是摇摇晃晃的
从模糊到清晰，又从清晰到模糊

害怕去想,害怕与人复述

那个沉重的日子,那个巨大的遗憾

我的心,疼

疼得支离破碎

为了想您,为了把您想得清清楚楚

为了不能忘记,为了这个遗憾

我用文字写了一本,一本,又一本

可是,回不去的日子啊

比文字更寂寞,比文字更忧伤

您看看，我可是在不停地虚构场景
变换着有您的故事
我只要开始和继续
在光阴里循环，在光阴里放纵
一场一场，接着一场，多美，多暖

叮咚叮咚，依旧是风铃般的弦音
打在我的心里，烙上岁月的印记
我老了，玩偶旧了
只有和您一起的日子，是鲜活的
您，还是那样年轻
您，笑得还是那样温暖，满满的爱

这一年,我怎么在虚度时光

(一)

这一年,我怎么在虚度时光

我在想。我都做了什么

吃饭睡觉聊天,除了热就是冷

总之是幸福的

对了

年的结尾,冷吗?

冷的,今天冷,明天还会更冷

(二)

我关上家里的所有窗户

穿上厚厚的袜子

在地板上蹭来蹭去

然后拿着穿脏的鞋子去洗干净

水一样冰凉

明天不必穿上新鞋子

明天依然是新的

明天。我在想

（三）

我从冰柜里拿出一只鸡

准备好鱼，胡萝卜，土豆和马蹄

明天，就是明年

依旧是你，他和她过来团聚

所有的菜都是新鲜的

所以，我在想

今天不算虚度时光

为了明天的团聚

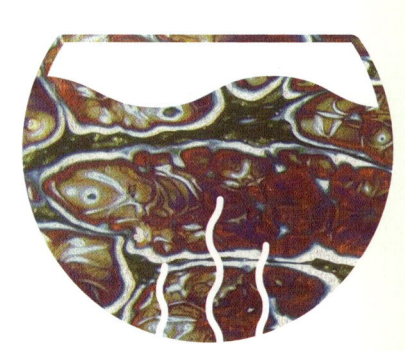

我准备了整整一年

今天，你好

窗外，阳光安静
蝴蝶扇动着丝帛般的翅膀，轻轻地
合上，分开，分开，又合上
那些叫不出名字的鸟儿
她们住在树上，欢快地啼鸣
时而飞出弧线，时而悬于枝头

花儿都开了，开满城了
隔着屏幕，你发过来一朵又一朵花的图片
沁着香气，渗进每一个我要写的句子
我想，我该跟她们说说话
说说你，说说我
说说五月，说说今天

酒窝儿

她向着我笑

嘴角的两个小酒窝儿，好甜

像闻到了酒香的甘醇

像睡在小草上的露珠

细风柔软，摇啊

把我的心都摇醉了

我像个爱做梦的游子

走走停停，把最后的目光

驻留在她的掌心

快看啊，一盏红绸，一池青绿，氤氲弥漫

像极了我儿时走散的画舫

一半是难以忘却的美

一半是浓浓的相思

她闪动的眸子,晶莹清澈

像月光下的剪影,像翻涌的旋涡

镌刻出一束束金黄

荡起隐藏千年的故事

嘿,你快看啊

她向着我笑,梨花儿就开了

她向着我笑,春天就笑醒了

樱花落

终于,还是与这场春雨撞个满怀
我,就像个疯孩子
踏着泥水在雨中穿行
把所有的激情抛向久违的期待
又把所有的落寞装进未了的心愿

是这场春雨
打碎了飞花的梦境
你看啊,那些落樱无力而又悲壮
树下带泪的凋零
曾是多少鲜活的生命
她们生动,纷扬
她们美妙,纯洁

我本该与你狂欢

紧扣你生命的脉搏

来一场盛大的樱花之舞

为来过，为归去，为重生

为记忆的疼痛

雨在渲染落樱的凄美

风在为春祈祷

我，依然像一个疯孩子

在雨中奔跑，等待阳光复苏

为落樱的殇

取暖

雪绒花

（一）

天在飞着雪

她带着禅意告诉我

姐姐，快看，法源寺里的雪好漂亮

好安静，她双手合十

柔软精灵的雪花

梦一样飘落在她的掌心

（二）

天在飘着雪

屋内，煤炉上的火正旺

壶水沸腾，咕嘟咕嘟冒着泡儿

爸爸，老花镜，话匣子

水彩盘，青色，紫色，赭石色

白色晕染，凝成剔透的雪花

（三）

天在飘着雪

脚踩在雪地上嘎吱作响

妈妈不停地推着秋千

笑声，跟着雪花一起飘啊飘

我看着妈妈的影子

一会儿向前，一会儿向后

（四）

天在飘着雪

屋内，暖气十足

鱼儿们懒洋洋地游着水

配着飘逸的茶香

一兜子瓜子嗑个精光

（五）

天在飘着雪

深深浅浅的脚印

小雪人儿，嘴上的红辣椒

那么鲜红,可爱的笑

看,结冰的窗花上

印满了湿漉漉的脚印

(六)

天在飘着雪

胡同里的孩子们

自制的滑雪板

铲煤的铲子,木棍

是他们打雪仗冲锋的武器

那是多年以前的

那时

(七)

天外飞着雪

多年以后的那天

弟弟在电话里说

姐姐，家这边下雪了，好大的雪

姐姐，我想你了，我想咱爸咱妈了

他坐在妈妈曾经带我疯玩的秋千上

天很黑，很冷

（八）

天在飞着雪

随风飘舞，带有多少儿时的记忆

洗去多少尘埃

渐露锈色的小信箱

一直挂在老宅的门前

他在等雪飞，等我回

是老爸做的

他说，那儿是他的寄托

多么安静

枕着,枕着一袭柔暖

蘸着秋雨的微凉

很轻,很轻。细碎的风儿

吹着美好的早晨,吹着梦

所有新鲜的,过往的,重叠交错

不必说早安,只对每一个早晨,心生敬畏

把心放空一些吧,我说

只留下想要的美好

让那些细碎的风儿,带着我的问候

挤进你的窗口吧

很轻,很轻。那细小的声响

可以穿透心房

收藏或是放纵,那美好如氤氲烟云

扶摇,升腾

不必寒暄,不道别离

把想说的话语留下来。留在黄昏

留在月下,或攥在手心里温热

她很轻,很轻。像是遗落的一颗种子

等着每一个美好的早晨

生根破土,慢慢发芽。多么安静

醒来,我们早已无足轻重

黑夜,衔着星子冥想
只等黎明前的曙光
你看,梦境来得小心翼翼,扶摇升腾
不经意地绽出微芒

释放吧,幸福的,美好的,是在这夜
让她在我的故事里进进出出

让她在春风中流动，在夜的黎明

为希望点一盏明亮的灯

醒来，每天都是余生

我们感恩，我们珍重

虽然，日子过得反反复复，奔波辗转

我们依然满怀深情

前行吧，不论风，不论雨，不论结局

这旅程，可能遥远，可能不完美

但四季光明，江河沉静，心中也有阳光

醒来，我们早已无足轻重

醒来，我们早已无足轻重

烟雨飞花

披蓑摇橹水轻寒,

白鹭别枝暂坐闲。

且听风吟等烟雨,

投石入画映阑珊。

满庭绿荫宋宗叹,

飞花落趣染青还。

涓雨潇丝无断处,

梦牵云转道长安。

岁末，请收藏起我的爱

岁末，应该说点儿什么

想着，总得给干枯的情绪洒点儿水

写几个字，东倒西歪地堆起来

眩晕，让思绪像鱼儿一样飞起来

或高或低，高就飞过天空；低就落入尘埃

（一）

心大的日子，从这一年开始

我把你的家拆了个干净，又装了个堂皇

再摆几张有腔调的画作

茶香，咖啡味

趴在窗前，等月光洒下来，等你的影子
斜斜地漫进暮晚，伸长

（二）

我把你发来的视频翻来覆去地看
咿呀学语的小宝贝，妈妈，妈妈
像蜜糖，甜透你的心，黏黏腻腻
来，也让我抱抱
咿呀咿呀跟你聊聊
美好的日子，是不是有了这一天才算完整

（三）

从来，你的院子里春意满堂
每个月开着不同的花
即使在冬天，依然绚烂

风儿吹在荷塘上,吹皱的波光被贪吃的鱼儿

一口一口咬得细碎

小山上的瀑布喷溅出一层层白雾

如烟缈薄纱

你闻不到香味吗?那墙围边蜿蜒的桂花树

一年到头,招来寻宝的蜜蜂

再种一棵大榕树吧

来年,一定雀鸟翩跹枝头

我会像个喜阳的老人

树下打着瞌睡,不想回家

(四)

今夜,适合收藏

收藏喜悦,收藏亲情,收藏爱

今夜,你的每一句话都会变得灿烂

凡是过往,皆为序章

愿日子依旧滚烫,岁月如诗悠长

出水莲

凌波疏雨碧满塘,
菡萏立展自清芳。
舒卷开合心不染,
浊清傲骨溢远香。

陈岸沁彻韵墨扬,
寻迹三千续华章。
雕桐晓月添梵音,
凡尘落素咏霓裳。

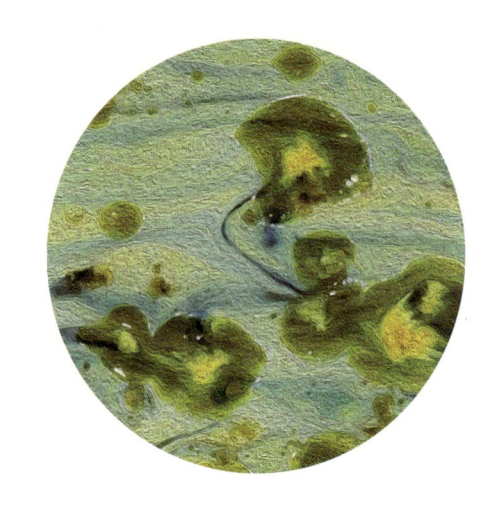

荷香花影

垂柳依依梦轻绕,

萤火提灯尽逍遥。

轻蘸荷香对花影,

湖波潋滟比月娇。

一曲古韵向天道,

一叶轻舟画歌谣。

邀蝶醉舞莲做盏,

啖尽甘醇花间笑。

与莲缠绵

有一种莫奈的彩

绽放了整个世纪,让我流连忘返

有一池碧水盈天的莲

粉白次第,嫩蕊凝珠,她让我着迷

让我心恋成瘾

你看,那叶片像极了横笛仙子的裙摆

随着风儿,漾起层层绿浪

你听,莲下静谧中颤动着的梵音

那是鱼儿曼妙戏水,蛙鸣遐想的和弦

好一个泼墨染画、蘸字成诗的仙境

美醉了,醉醒了整个夏天

美醉了,醉醒了蛰伏已久的细语缠绵

醉醒了人间最美的深情与眷恋

终究,我们读懂了人世间的悲欢离合

如烟往事在过往轮回中沉淀

再沉淀。心静如莲

赠予你吧,一池莲,一池梦,一池静好

而我,会和着笛声的悠扬婉转,轻吟浅唱

悄悄地,悄悄地爬进莲儿的小窝

伏莲而睡,一梦千年

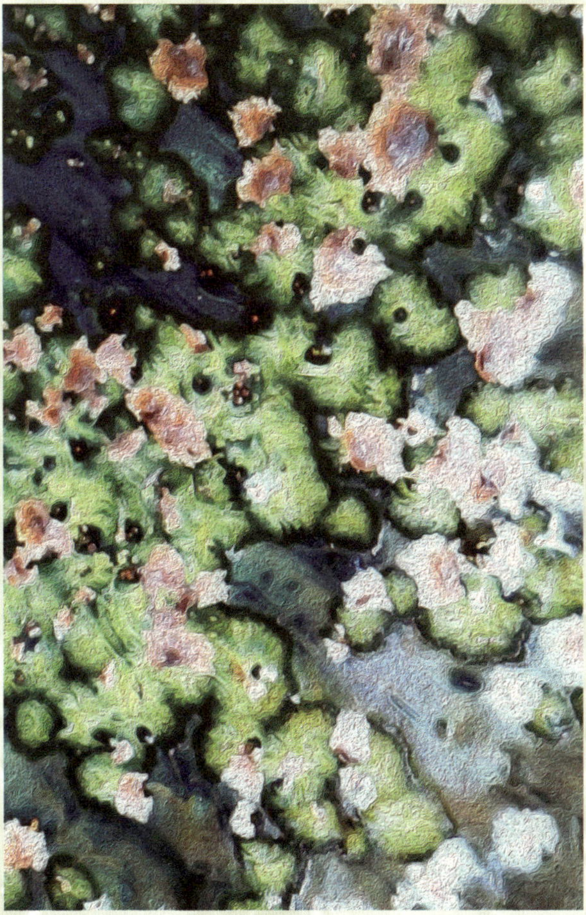

梅

她来自远古吗?

年轮叠着年轮,足印摞着足印

红墙内外,满眼皆是

她来自冬天吗?

瑞雪纷飞,众香摇落

为她装扮疏影横斜的静美

似玉,似绢,似汨汨柔水

回眸间,她像一个待嫁的新娘

含羞嫣红,银装素裹,暗香盈袖

化成香气氤氲,化成最美的永恒

时光轻绕,笛音回响

前世与今生,斑驳与沉重

在指尖上游走,暖成诗行

仿佛她的世界从没有过伤痛

让我一步一步向她靠近,再靠近

为她的雍容典雅折枝揽月

为她的傲然风骨染指泼墨

为她,我愿与风共舞,落雪成殇

青蓝

像一种古老的符号,墨韵

层叠起伏,随着光闪烁

可我却听到琴声啊

梵音依稀,载着敦煌的记忆

绕着山川转啊

或近或远,丝绸古道,飞天曼妙

驼铃西去

像岁月的印记,告诉你每一个季节

都会如期而至

可我却在你的梦中穿行

看见你的过往

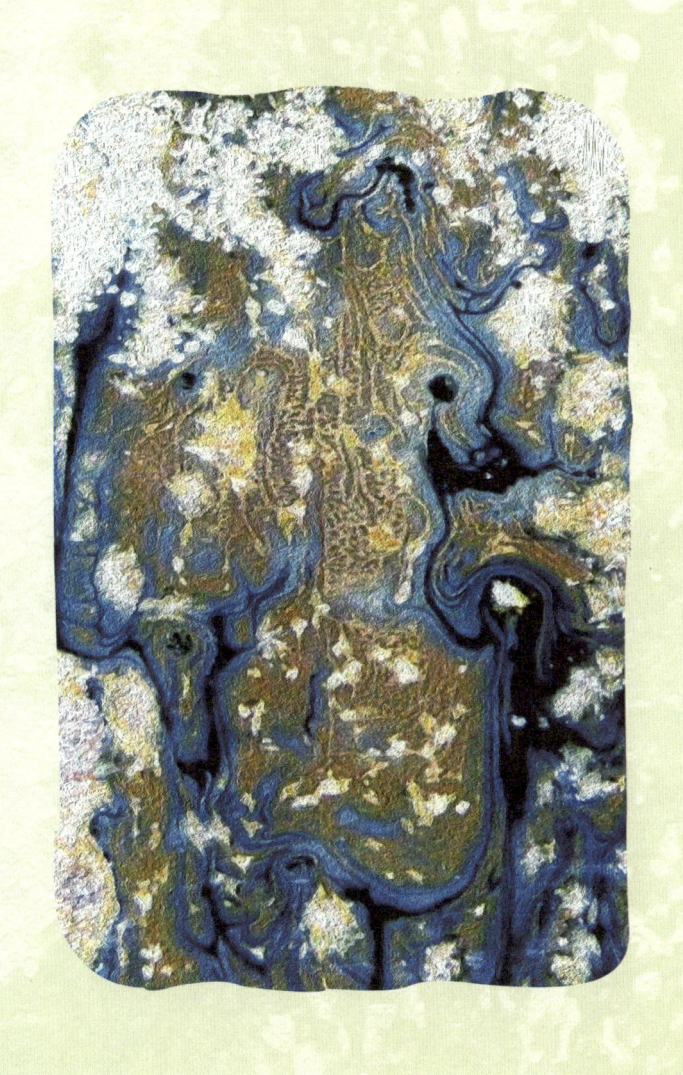

载着斑驳的光阴，或风花雪月

或韶华未逝，你的心事啊

沉甸甸的

或许前世，我可是身姿曼妙的麋鹿

沉醉于你的一念执着

穿越千年的倾诉

或许今生，你可是盛放开屏的孔雀

来续前世未解的缘

穿越千年的眷顾，沉醉于你的画卷

泼墨青蓝，我可为你西风漫卷

为你再化孤雁

向南，向天边

雨花石

跟着自己的影子

穿梭于缤纷之间

有时,她们像山连着山

有时,她们像江河像湖海

绿色融成深蓝,融成梦

他闪着光,月下银丝轻扬

晶莹的雪花儿在他的睫毛上跳舞

又滴成泪珠儿

无数个夜晚在江边向着北方

远眺,思念成茧。

他的笑，他的声音，他的轮廓

是我笔触的每一个痛点。

过往，在岁月里抽丝

穿过落雪的心房

他坐在月亮上看着我笑啊，挥着手

晃晃悠悠的影子洒在铺满雨花石的长岸

我向着他诉说：爸爸，爸爸

玉兰花已经开了一茬接一茬

妈妈也带走了我那微不足道的呵护

他凝视，如此安静地凝视

他向着光影，向着光影里的那个小孩

泼染，花开花落

笔画蜿蜒，色彩斑斓

那一瞬

如回千年，又如初见

极美

轻轻拍打一下身上的尘土

挑起挡眼的刘海儿

再扶正黑色圆边的眼镜

此时,你像一朵海棠花儿,清秀

笑得灿烂,笑得干净,笑醒了整个春天

我也笑了,心底暖洋洋的

这个世界太大,茫茫人海

可我还是撞见了你,跟你学会了看北斗七星

看千峰锦绣,赏遍四季里的春天

尝透桂花的香甜

那天你说,从旧窑到新窑

经历太多,那么多年,走走停停

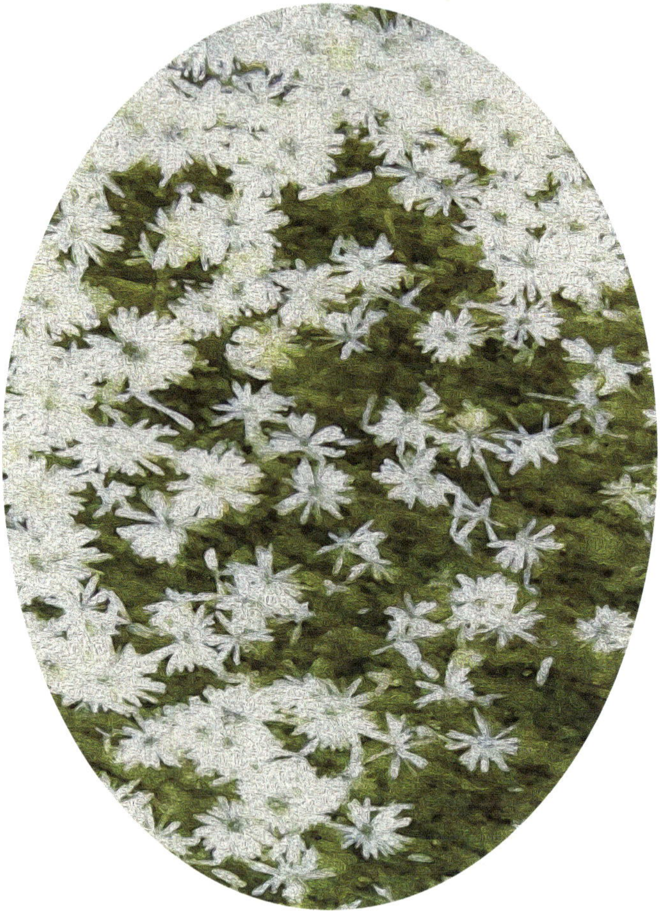

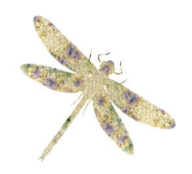

内心的坚强,没有让你放下执念
抬头,望着古老而又深邃的天空
感受老巷里徐徐吹来的风
脚下的陈泥已落上新土
清瘦的你,布满茧子的双手攥得紧紧的

我的心也生出疼惜。可你还是笑了
依旧纯粹。是甜的
要我说呀,这个世界太小
盛不下你满溢的欢喜
即使曾经有过伤痛的挣扎

依旧是那片天空,深蓝,星子耀眼
山峰云雾缭绕,风儿吹得轻柔
桂花叠着桂花,扶摇飘香
落如花雨
极美

岸

隔岸

你的声音响起来

花儿就开了,开成了春天

隔岸

你蓄满一池清泉

水漫徐徐,汇成一片汪洋

于此岸

我看见了春天

听见自己哈哈的笑声

于彼岸

你常坐的地方

手指轻扬,花儿就落满了池边

或许

我该是这片花海的主人

隐秘其中,你看不见我

或许

这一汪池水也是我的

我在水中,你永远看不见我

亏欠

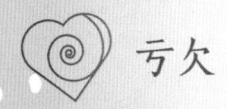

好久了,想您,我没有哭,我忍着,不哭。可我现在边写边哭。

这夜,所有的牵挂和过往都随着循环的单曲在回放。

这夜,所有的孤寂与思念随着烟花升腾,又慢慢坠落,化成江面上的粼粼波光,摇曳。

好久了,妈妈。那夜,我真该好好在病房陪着您。我永远忘不了您最后的眼神。我特别特别明白,您不想我回家,想我陪着您。那是您最后的一晚,那不舍的一眼深深刻在我的心里。我永远不能原谅自己对您的亏欠。

好久了,妈妈,这夜,燃香。我在纪念有您的日子,听着微信里您留下的声音,那笑声,听您疼爱地、一声一声地叫我乖子……有妈妈的日子多温柔、多温暖，思念的挣扎就该有多沉重、多痛苦，或许只有自己知道，连呼吸都痛。

妈妈，我欠您一个拥抱，一个紧紧的拥抱，欠您一个长久的陪伴，更欠您那天最后一晚的陪护。

妈妈，我想好好抱紧您，就这么紧紧地抱着……

外面鞭炮响起来了，这夜。

是啊，妈妈，现在是正月十五的凌晨啊，是您的生日。从您走后，我就特别害怕过这一天。

从那以后，我也终于懂得，相思的线绷得越紧，心就越疼，真的好疼……

让所有的爱

流淌进有你的秋天

辑四

秋天，我寻梦而来

秋天,我寻梦而来

好一个彩虹潮涌
层叠漫起的秋色
红墙绿柳,悠悠飘着香浓的味道
红透的柿子树下
满载着童趣
那是精灵般的童话吗?
俏皮里灿烂着生动的幸福
任你写诗成歌,作画成梦

不如我们交换一下
彼此的童年和秋天吧
我不写童年的单纯与欢乐
我不说曾经,那里的秋天别样蔚蓝
我只需要一次短暂的重逢
一次短暂的拥有

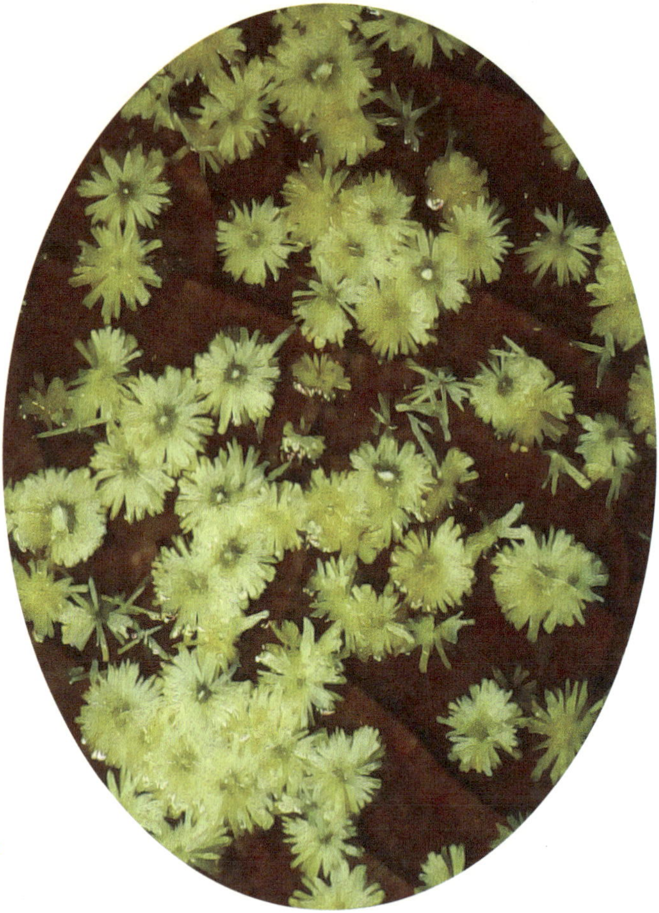

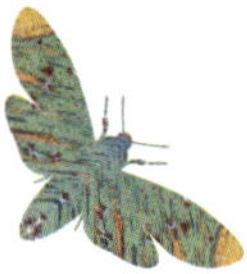

清晰透彻的心事

在褪色的红门前停留

犹如被风吹干的叶脉,从丰盈到苍老

我不写长大有多么沉重

我不说秋天里藏着多少故事

我只想从童年出发

让你在眼波里看见

我倾尽一生纠缠的思念

为你,我寻梦而来

就让我把所有的收获和记忆

所有的温柔与动听

挂在火红的枝头

让所有的爱

流淌进有你的秋天

剪 影

像父亲手中的水彩画盘

扬手轻洒,融成一首极美的诗

荷叶清幽,像撑开一把把倒挂的小伞

绿意生动,露珠晶莹

荷花开了,窈窕轻旋

蛙趣蝉鸣

蜻蜓时而点水,时而伫立花心

我呀,顺着父亲温暖的画笔

轻舟泛水,穿过时空的剪影

唤醒儿时的梦乡

也许,我早已把所有的思念

一帧一帧与时光重叠,辗转

也许,我早已沉入梦境

等着,等着父亲叠好的纸飞机

顺着风儿,飘啊

飘进他色彩斑斓的池塘

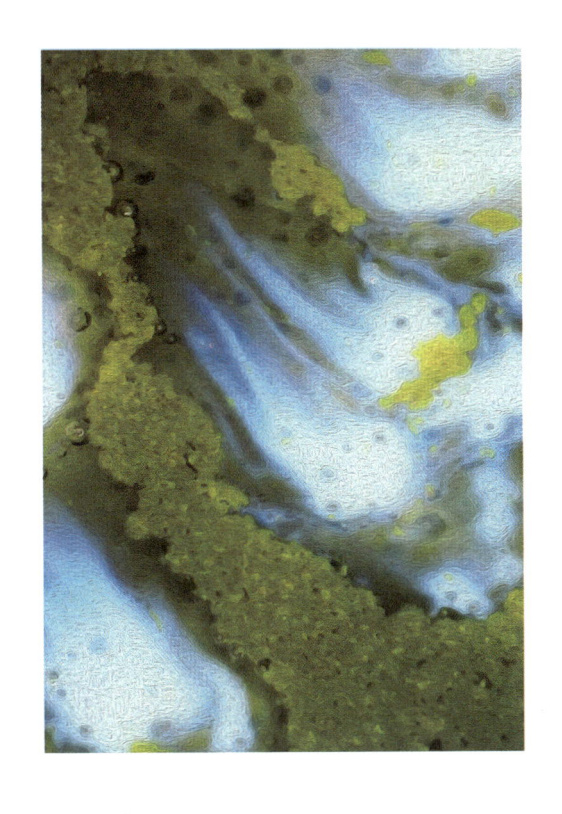

爱

群山环抱,云雾影绰

像仙女,她披上禅意般的薄纱

含情眺望,凝眸不语

落日笑响整个山谷

苍翠随风欢跳,水流涓涓

她在溪谷的蜿蜒处安家

她在一池碧水中化成鱼

或许,我已被她的美折服

趁霞色沸腾,余晖火红

抛起宽大的裙摆,浪花金黄

夕潮涌动,延绵向天

亲爱的,我的心复活了

仿佛前世渔翁摇橹

那小桥,那流水,那人家

烟波刚好

我啊,与你游啊游

游啊游

离别时,那年

离别时,那年

夏日的艳阳穿透彼此静默的眼

后来,剩下的那个背影,渐渐地

渐渐地在视线里模糊,在日月里辗转

难舍这座城

沿着燕子飞去的方向行走

埋下一颗一颗相思的种子

让天空、云朵、日月和雨水

漫进心房，滋长

直到多年后的那天

我啊，依旧揣着那份青涩

端详久违的遇见、失去和拥有

淹没在你清澈的眼波里

而你啊，鬓角上已是白发

我泛黄的日记里溢出

一个又一个故事

你好，我才好

别问，我想要逃避的是什么
你给我的，世上无人能及，你是唯一
我想要的，是你的全部
简单，直接。只要你好好的

树上的花儿都谢了，低垂着头
蜷缩的花瓣，任风吹着，摇啊
一切，都可以慢下来，也可以安静下来
一切，可以慵懒，简单，直接
但，不能停止

就像现在，窗外的月亮渐渐升高
我坐在你的床边

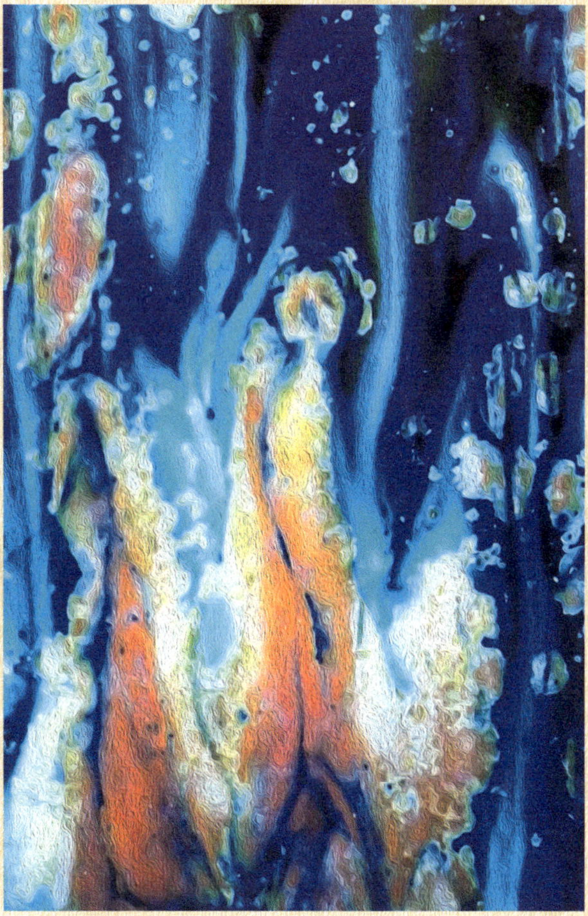

长时间地呆望着某一个角落

谁会知道,那笨拙的大脑想的都是些什么

又要逃避些什么

一呼一吸,那么简单,又那么沉重

一呼一吸,那么廉价,又那么奢侈

时光飞逝,我们走着走着便成余晖

精疲力竭,无法逃避那一粒微小的尘埃

但是,我们可以把一切当作美好

当作战无不胜的较量

把窗外的月色统统收进来吧

把所有的祝福和温暖都给你

还有桌上的玫瑰,百合,满天星

细碎的心思,满心的渴望

别问,我想逃避的是什么

你好,我才好

给妈妈的碎碎语

妈妈,我把你从北京骗来之前
德叔已经安排好住院的房间
你就住在这里
像疗养的圣地
南面的落地窗前是一个小花园
你坐在床上看我
我坐在花园里看你

妈妈,你舒服一点儿的时候
也可以坐在花园里
数一数这里的蜜蜂和蝴蝶
妈妈,你开心的时候
我就可以气气你

等你笑着用脚使劲儿踢踢我

你的笑啊,真的阳光,真的灿烂

妈妈,你想动一动

我就推你出去走一走,看一看

像花园一样的医院

像亲人一样的白大褂

像儿女般的粉姑娘

妈妈,你累的时候

就躺在床上睡一睡

按时吃药,好好吃饭

吃多点。还好,德叔的每一句话

都是圣旨

妈妈,这里一切静好

微风拂面,柔柔暖暖,给自己加个油吧

看啊，每一天都细碎都美好，在这里

就在这里

妈妈，我每天都在感恩

就在这里。有我陪着你

咱们可以不慌不忙地，在德叔这里

过上一个小小的夏天

煮秋

我眷恋，叶子熟透的秋天
一幅幅叠翠流金的美景
山野吹来的细风，沁着泥土的清新
轻摇稻谷的金浪，氤氲桂花的浓香

我眷恋，渔舟唱晚的秋波漾漾
垂柳披着霞光，过雨的荷塘
莲底鱼儿畅游，如诗如画的缤纷
把一切过往嵌入滚烫的心房
所有的欢喜随着心跳迸发飞扬

燃起落阳，煮一壶醉香的茶吧
把盏轻啖，温度刚好

是童话吗？绵绵心事要细细品尝

人间有味，甜度刚好

是童话吗？静谧煮着暖秋，似水柔情

我眷恋……我如此这般眷恋

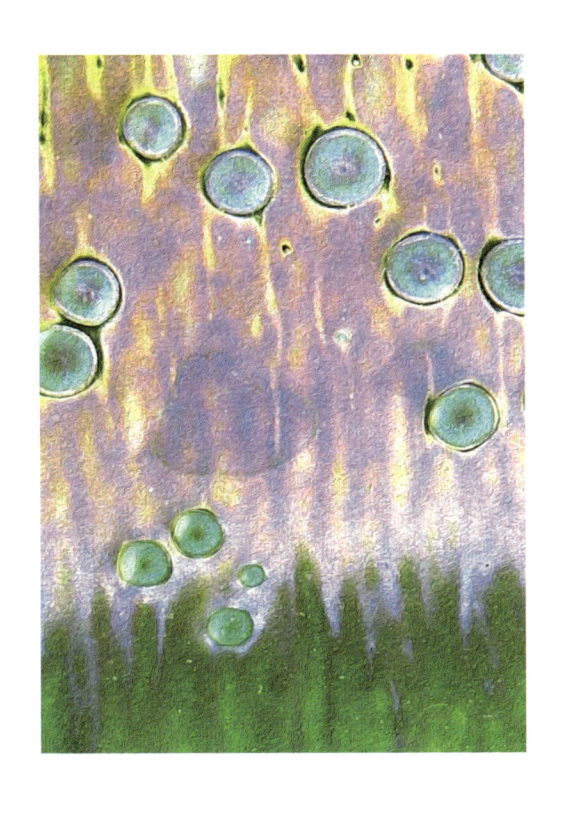

问安,再问安

今夜,你扶风而来
为我点亮月光
把温暖的句子排成一行
把所有的假设全部释放
问安,再问安
你说,今年的第一个冬至
你很好,很温暖
来,我说,喝一杯热茶吧
浓香的茉莉花

今夜,你借着月光

笑意也浓,像个活菩萨

你的身影缥缈轻盈

或远或近,似梦非梦

至少,久违的那种暖在心里开花

我抬着头,向着云端那处

问安,再问安

那里，有架秋千

那里，有架秋千

是谁人将秋千荡起？瞬间

那么快，那么快的刹那

我看到您的脸，还有您的眼

眼中的光芒划破夜空

是妈妈呀，妈妈

念着妈妈，心那么疼，那么空

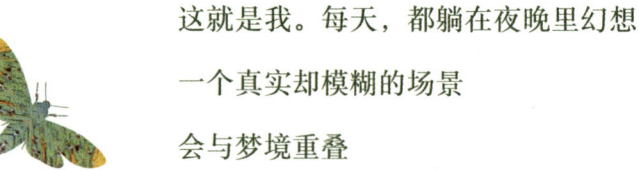

这就是我。每天，都躺在夜晚里幻想

一个真实却模糊的场景

会与梦境重叠

风摇着梦。很近，很远

掀起一个硕大而又平行的空间

我们交换着彼此的阳光和水

干净，清澈

这一次我说，妈妈

说说那边的天气吧，是不是很甜，很暖？

再说说那边的祥云，是不是很轻，很软？

还有那边的树木花草，是不是五彩斑斓？

那边的事物，那边一切的一切

无论悲喜

妈妈,我这边已是风吹着风

落花挨着落花,彼此依偎

蜷缩着,我躲在漆黑的夜里

抱着沉甸甸的思念,呼吸被孤独淹没

或许我该习惯往后的日子

您说,乖,挺住

我抬起头,向着夜空,向上

再向上

那里啊,有架秋千

摇啊,摇啊,摇

中秋

那个秋分,妈妈踩着人间与天堂的边界
那个秋分,我才懂得什么叫奢望、无助与艰难
可是,日子要过,要尽全力地过
过了秋分才到中秋

现在,每个秋分是苦的,是痛的
中秋是我蓄满的思念
老爸说,嫦娥吃了灵药飞天了

老妈说,玉兔也去天上捣鼓仙药了
那里是仙境,亦是天堂

抬头,望天
月亮又大又圆,触手可及。我喊着
我愿意相信,老爸老妈就住在里面
嫦娥是他们的邻居,玉兔与他们做伴

今夜之后,又将半月弯弯
秋叶慢慢变黄,乘着风
如潮水般的思念一片一片由北向南
我的泪水啊,逆着风
化成一条长长的抛物线

向阳花

她不是调色板

可她绘彩成画,曜漾缤纷

她仰起头向着天边

伸展,追逐

用每一道光,醉染晚霞

泼墨长虹

她迎风,向着阳光摇曳

金色沸腾，热烈而温暖

如一场人生的炫舞，经历起伏

让美好在岁月中绽放

她追着光，她的信仰

不论风中、雨中或黑暗

她微笑，她无畏

她享受着收获的喜悦和快乐

我想，此刻的我，该化作微尘

潜入你的心底，体会你的暖

或许，我该融成一滴露珠

搁浅于你的掌心，化成前世的彩

只为心中的那个太阳

听说，有个温暖的地方

开满了向阳花

鸢尾花

在最浪漫的季节里
不能确定所有的日子
都是一如既往地美好
就像春天也会偶有沙尘的烦扰

静默无声而又湿润的眼泪
顺着左边眼角默默地滑向右边的眼睑
你左手紧紧攥着我的右手
就这样,我只是安静地
凝神仰望着你

或许，一切未知的结果

从那一刻开始

就让你在痛苦和焦虑的期待中煎熬

或许，浑然不觉一切的我

在那一刻却不知

你手中想攥住的是美好，是希望，是力量

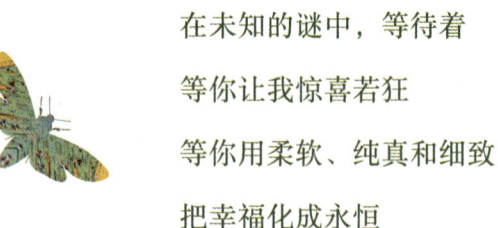

于是，这个渺小的我

在未知的谜中，等待着

等你让我惊喜若狂

等你用柔软、纯真和细致

把幸福化成永恒

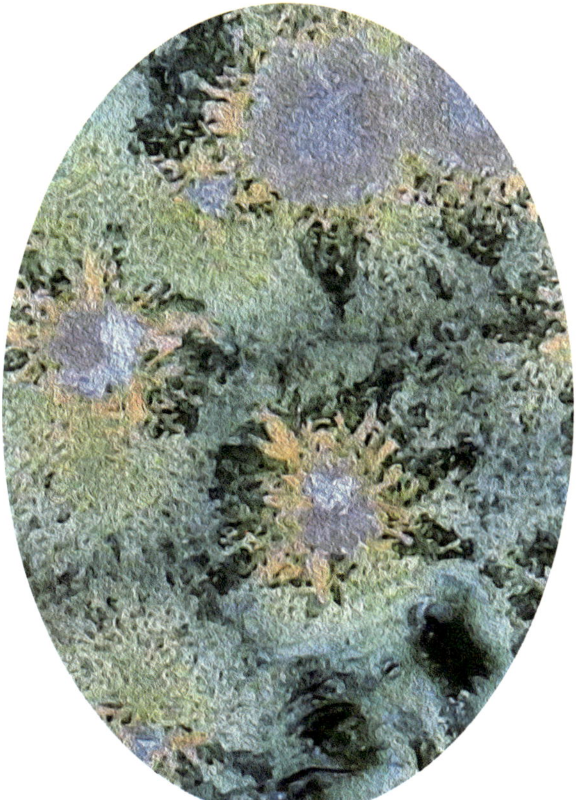

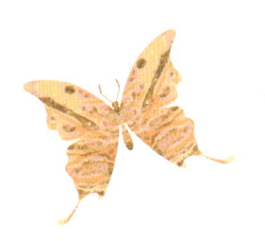

或许，生命的过往

从无到有，从小到大，悲喜

需要我们一起担负或分享

我们在路上，一起

经过风雨，浴洗尘埃

用喜怒哀乐堆积起来的时光

犹如一汪淡淡的清水

一切，一如既往地美好

一切，一如醉色的鸢尾花

于你，于我，于天地之间

从遇见到相守

平静淡泊，生死不弃

无他

我呀,真的如此贪婪,如此迷恋

这色彩,这果实,这个饱满的世界

再浓的阴霾,掩不住她的光彩

再大的风雨,折不断她高贵的躯干

无法复刻她青春般的炽热,她的美
无法诠释她的信念与脱俗,她的执着
她向上,向着阳光,向着希望
岁月如歌,在光阴里激荡徜徉

风,依旧。静谧如初
吹着沉甸甸的日子,吹着青草落花
吹着金灿灿的她
向着东方,那份属于我的信仰
她的光芒,如甘露浸出的茗香

是的,金黄扶摇
升腾起凡·高的记忆,色彩重叠
一遍又一遍触摸我的灵魂
我的心啊
早已被她的明媚灼伤

蓝

当人间被染成蓝色

我就开始做梦了

深蓝是海洋,是忧郁,是深沉

如心事深深浅浅,在记忆中徜徉

浅蓝是天空,是纯净

是人间最美的遇见,是眉宇间的欢喜

大海奔腾,浪花飞洒

像一幅染墨的画彩,归鸟盘旋

时而掠过海面,时而冲出霞光

每一次起伏,是在触摸大海母亲的手啊

她们展翅齐飞,那年,那月,那天

唱着岁月里的歌

我多想，多想撕下所有的伪装

穿上银色的裙裾，像她们一样

翱翔，伸展，俯瞰

我多想，多想吐尽世间的污浊

化成银色的帆，等你做船，迎着风

冲向梦的海洋，潜入你的心房

仿佛，一切美好因为梦平静而温暖

仿佛，所有的思念在岁月里找到归宿

柔情蜜意，透过宁静

向天海蔓延，缱绻

如此美，美到极致

开花的梦

随着柳枝荡起的四月,风
吹去了落樱的殇
空中飘着雨,是的
是从三月飘进四月的雨

她从遥远的地方来,经过,蔓延
她湿润,温软又剔透晶莹
她躺在我的掌心
又悄悄滴落,是的
她是滴落的星子

最美的四月,蒙蒙烟雨

汇成一个又一个梦

带着我的温软

带着我的世界,干净

在春风里,如花娇艳

爱，不等来生

她说话总是那么轻柔，那样让人怜爱。眼睛里透着清澈，水汪汪的，带着一丝忧郁。看她弹古筝时的样子，简直想抱抱她，亲亲她。

我们时常在一起喝茶聊天，渐渐地，她变得有些开心了。

今天晚上，不知怎么地聊到了父亲。在此之前，我们从来都不讨论这个话题，太沉重，太压抑。或许，父亲是悲伤的尽头，那一年，她十七岁。

她走不出来，这几年，她压抑、痛苦。她拼命地弹琴，跳舞。回到家，她习惯了把自己锁在房子里，感受父亲曾经的气息。

他在，他始终在陪着她，他疼她，为了她，

他坚持了十五年,直到她十七岁参加艺考前。她说,她感觉得到,她的父亲一直在。

她的鼻子和眼睛都红红的,我看着她,哀伤的眼神,沉重的话题,一如我的曾经。想哭,哭不出来,也不敢哭。鼻子酸酸的,心在抽搐,空气已经凝固。

我该说些什么?我端起杯,——来,喝茶。眼泪在眼眶里打转。

其实,亲情怎么能遗忘呢?那种思念,那种渴望,那种孤独的无助,在岁月里雕刻,重叠,辗转。

真想抱抱她。或许,我该跟她说。记住的,遗忘的,岁月留痕。看见的,看不见的,一切都会变成过往。此岸,彼岸,都会有花开,琴声婉转。化蝶,他会轻轻拂去你的沧桑与感伤。思念不会泯灭,没有归途,他在岁月里流转,一生一世。

太多的遗憾，都补偿给母亲吧。如我，那时，常常在深夜卸下伪装，把所有关于父亲的记忆释放出来，再抱着枕头大哭一场。我想，那样我会变得更加坚强。在以后的日子里，来不及给父亲的温存，都给母亲。

爱，不等来生。

回头是爱

终于能动笔给您写点儿什么了。那么久,我不敢去想您,又无时无刻不在想您。可是,那个触点很痛,挣扎着却怎么也提不起笔。

今天早晨,突如其来地收到一大捧芍药花——小丫头给我的,才知道今天是母亲节。三年了吧?我捧着,欣赏着,给花摆出各种姿态。自然,我想着之前的那些时候,给您打电话,哄得电话那头的您可开心了。而今天,我的开心里夹着甜味,而我的思念里更夹着一股股酸楚。

怪不得前天糖豆约我今天中午去吃饭。有糖豆和豆妈,还有囡,囡爸囡妈。红色的康乃馨,金黄色的香槟,诱人的美食,所有的快乐和幸福在这里汇聚。如果有您在该有多好!我在想。想着有您的影像，我能听到您那爽朗的笑声，不是吗，妈妈？我的妈妈啊。

陪着糖豆妈进了商店，您不知道她试的每件衣服都好看，还有那双新款的鞋。糖豆挤着眼睛跟我说，试试试，买买买，只要妈开心。我等着，看着，特别在乎豆妈的表情，那满眼的幸福在蔓延。我的眼湿漉漉的。不是吗，妈妈？糖豆像极了多年前的我，豆妈像极了多年前的您。

爱，在有形与无形之间循环；爱，像水，剪不断，长流入心。爱，在天水之间，无岸，无涯。我背着沉重的思念，追着前行的岁月，在斑驳的夜里等您轻轻地、轻轻地转身。

回头是爱，妈妈。

也许你终将读懂　我们曾经来过　如飞花擦肩

飞花擦肩

辑五

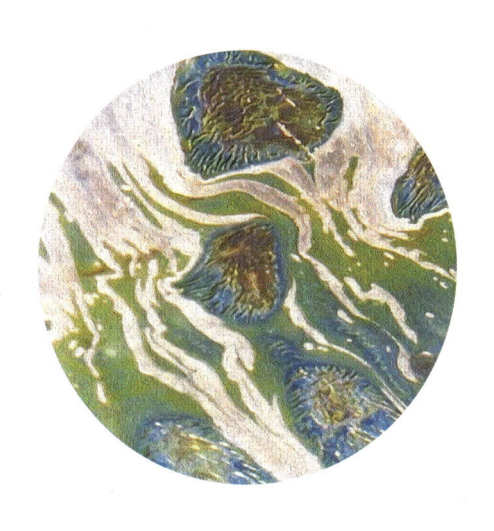

飞花擦肩

轻倚着薄暮斜阳

看飞花擦肩

从金黄到深红

填满整个秋天

你是否知道

夏天的故事还没有写完

你怎么能读懂

飞花的浪漫

独守这一程风景

看清凉的雨

渗透每一叶落花的孤寂

你是否知道

谁都有曾经的一世繁华

也曾轻挽幽梦一帘

但是你怎么能读懂

在我眉宇之间

锁住多少弹指流年

从没有去渴望

谁会惊艳谁的时光

因为我终会老去

像飞花一样倾尽一生的美

一梦长眠

也许再过一万年

那一次回眸

依然如阳光般温暖

也许你终将读懂

我们曾经来过

如飞花擦肩

（选自《我把愿望放在你那里》）

我把愿望放在你那里

——写给尊敬的医生张忠德先生

摸一摸手腕上的脉搏

听一听胸腔里的声音

招牌的眼神,微笑

招牌的安抚

指尖滑动着,漂亮

如花朵绽放的字

轻柔温软却能撬动灰色的沉重

就像扯去阴霾的阳光

棒棒的,我说

我可以在你那里把心放下

不要怕,没事儿,你说

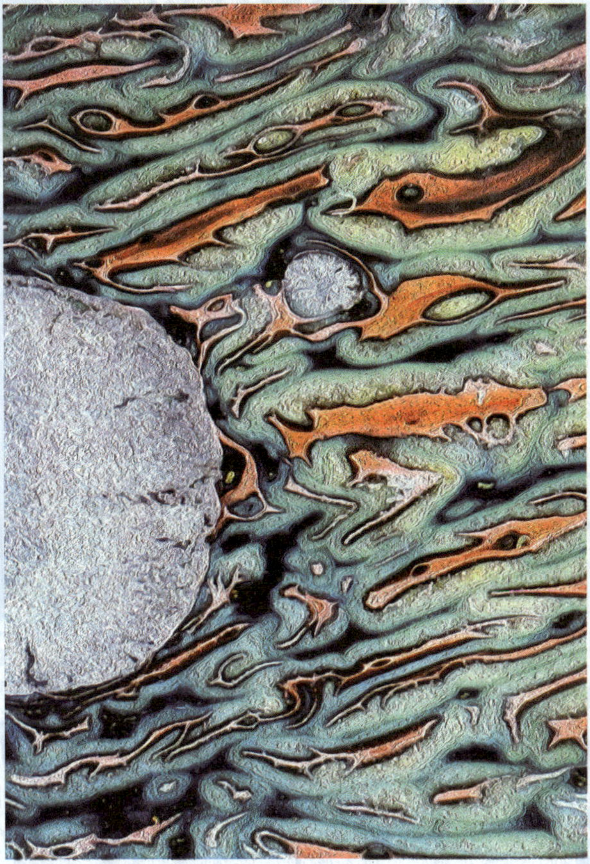

有我呀,很快就好了

你的眼中泛着童稚的光

看得出那淡淡的光

是那么柔软,那么仁慈

终于,我在你那里

过了一个小小的夏天

再熟悉不过的字,如花

铺成绿荫下的小路,蜿蜒

平静,让我踩着梦

轻轻地走,拈花浅笑

告诉所有人

我已把愿望的全部

放在你那里

(选自《我把愿望放在你那里》)

绣花裙

挂在阳台的绣花裙

风雨中摇摆

我始终没有摘下

直至后来

她充当了春天的旗帜

（选自《我把愿望放在你那里》）

蓝色妖姬

像天外散落的星子

她闪烁,披纱起舞,蓝光萦绕

仿若穿越前世的浪漫与爱

寻找千年梦里的家园

她是夜幕下的妖姬,是坠入流年的天使

于万彩斑斓中摇曳,用最深邃的蓝

诉说生命的信仰,诉说一世相守的承诺

我追着光,追着风,追着那一束束幽兰

追着那个身披蓝纱的天使

轻柔的笑声,似于天外,又似在人间
那笑像弯月,露珠儿一样
晶莹的眼睛,一闪一闪闯进我的眼眸

夜幕依旧浩瀚,月光绵软
我想,我该拥紧岁月的安详
趁着寂静,趁着徐徐清风吹来的记忆
复苏指尖的温柔,将湛蓝
倾尽深情一抹一抹潜入诗行
揽她入怀,于她耳边呓语
那个花瓣轻捻,漫洒人间的天使呀
嘿,吾缘,吾爱

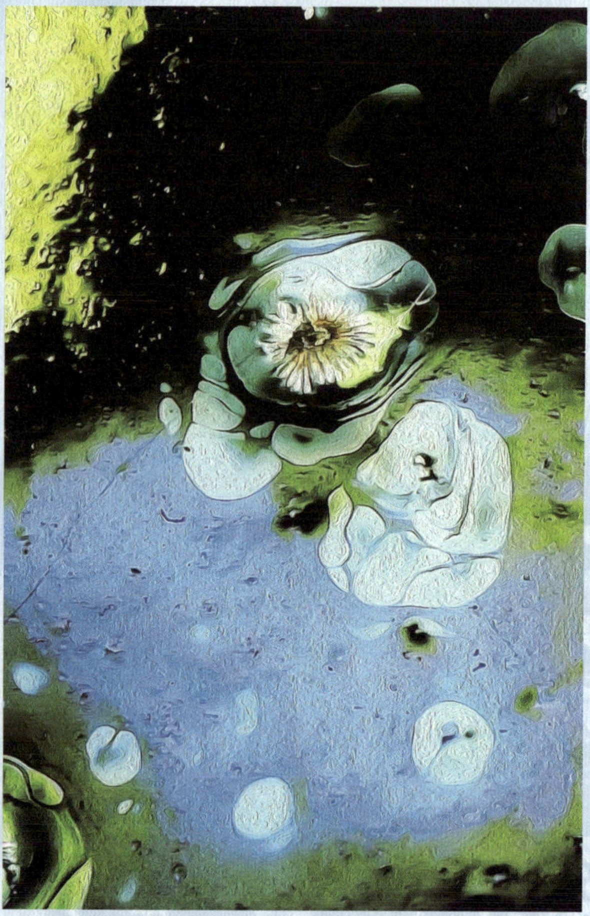

白露

告别了夏的沸腾

轻抚秋的面庞

风微凉,叶微黄

白露莹莹,凄美成殇

寂静的岁月过往

总是堆满渐黄的沧桑

放不下的心事呀

又总是在心里跌跌撞撞

南飞的大雁

衔着渐红的枫叶

翩翩起舞的翅膀

扬起爱意融融的帆

深深浅浅的思念啊，故乡

梦里兜转着青涩时光

快，去找回那熟悉的身影

快，去找回那难舍的记忆

是回家的时候了

你看那里，剔透的露珠儿

于光芒下闪烁

清风徐徐，吹过街口的小窗

真的，那不是梦，那是母亲的身影

那是母亲深情遥望的目光

（选自《我把愿望放在你那里》）

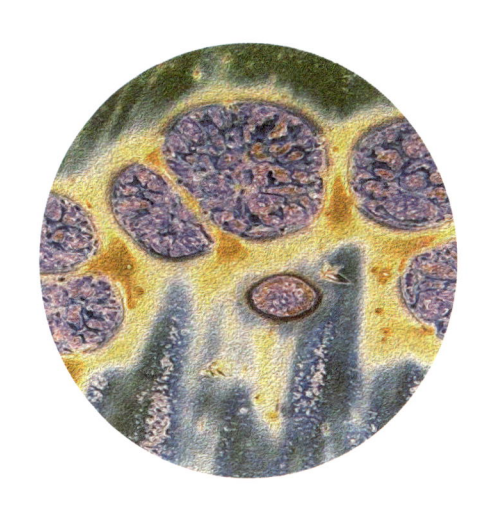

寒露

终于

风摇着叶子,穿过流年

色彩斑斓地铺满秋的面庞

吹进秋天的梦

渐凉的露滴

早已凝成诗意的眸子

如灵动的星盏

依然蓄满温热的光

于是，微闭双眼
双手紧紧环抱着自己的我
使劲儿地思念
哪怕每一个细节
都要想得彻底，想得生疼
直到泪水蜿蜒

是啊，你可知道
我正蘸着一点儿寒冷，一点儿忧郁
给你写信
一封很长很长的信

（选自《我把愿望放在你那里》）

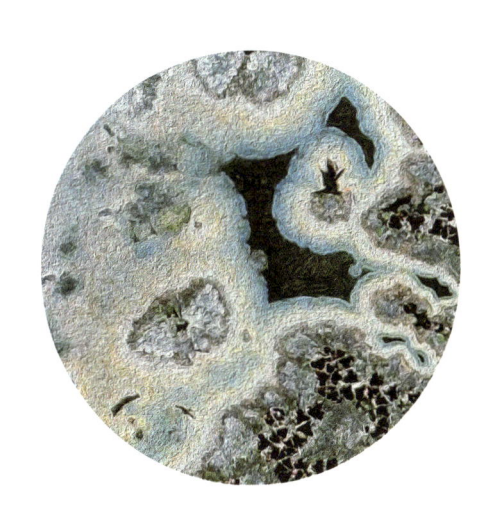

霜华

她像是薄雾中的仙子

披纱轻舞,松风中震颤着梵音

清冷而空灵

她又像霞光里走出来的少女

那一抹一抹嫣红透着羞涩

对面那山,那树

白得绵长,白得寂静,白得彻底

秋的黄蓄满霜花与雪的相思

阳光向暖,蓝天更蓝,大地空阔

河流依然冒雪前行

往事如钩,岁月浓稠

霜华正向着月光攀爬

不肯睡去的夜

就让风儿做船,云儿做帆,去逐梦吧

不肯睡去的夜

纸笺作诗,写他与她

旧时光里的故事,写霜华已染白发

妈妈,南方温暖

她病了,病了很长时间,她不说
我很自责
好多次,我偷偷地躲在角落里
向父亲忏悔。那边的父亲一定会哭
会心疼

她病了,她变得那么瘦小
那么脆弱,脆弱到经不起风雨
脆弱到让我看着呼吸都痛
她瘦小得像个孩子
她任性,她又特别坚强
她极力地用还算灵活的肢体表达

她可以，不用我担心

纷乱的夜，纷乱的心情

最清醒的是她年轻时的风景

爽朗，风韵，手做的娃娃衫，花裙子

心，紧贴着这份温暖

却像一把利刃

是的，我太粗心

这次，她真的病了

她那么需要我，需要我轻轻地照顾

她会慢慢好起来，我跟父亲说

这是内心深处的忏悔

多么渴望握着父亲的手，再次给我力量

多么渴望父亲摇动着的手，温暖柔软

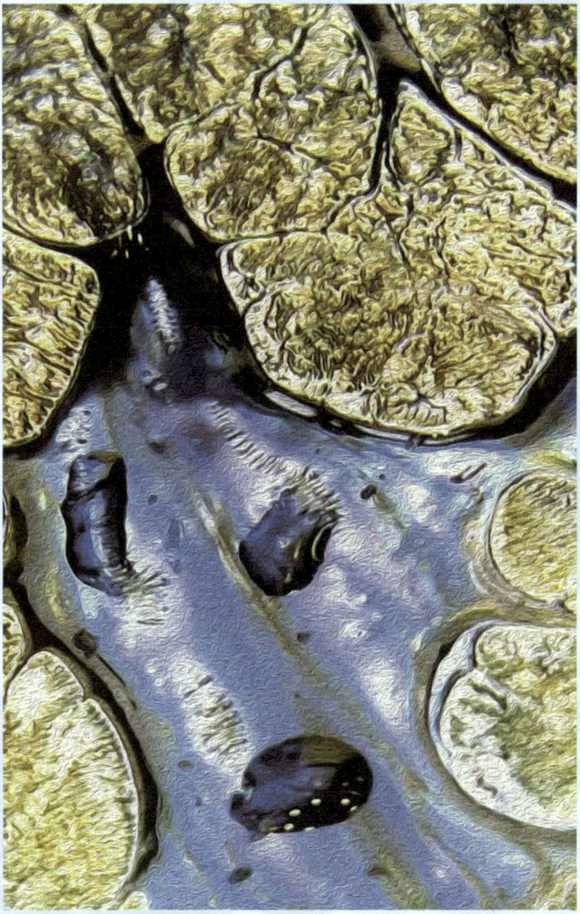

为我擦去绵延的泪

一种宁静,一种期盼,一种安守
我接她回来。这里,有我,有他
还有好多关心她的朋友
我贴着她的耳朵说,就留在这里
妈妈,南方温暖

深海寻珠

风吹着海,树摇着风
我啊,像垂钓的老人
盘坐沙滩,静等炊烟散尽
等海水淹没晚霞,等着放眼望去的那时
暗色与深蓝连成一线,天海化成圆

你啊,像鱼儿,拖着长长的尾巴
游啊游啊,游
追着光。迷离缱绻
你把星子一颗一颗凝成珍珠
撒落海底,熠熠生辉,如梦,似深似浅

那是你赋予她们的独特图腾

如时光雕刻的岁月，清晰，苍劲

无法拒绝的美，让我惊叹而又迷恋

就像迷恋一首歌，循环再循环

或许，那种心生欢喜，会在某一个触点

漾起无止的涟漪

也许，你该在暗夜前

采撷一颗珍珠

化作萤火，等我入海

化成鱼，任海浪拍击，无畏青丝黛尽

去寻珠，去寻你

去寻你的那束光

风的女儿

我从没见过风的模样

但是我感受过风

从轻柔到热烈的哼鸣

看着风掠过枝头

树的风姿

从舒缓到婆娑旋舞

我还看着风吹着翻卷的云朵

由近到远，很远

由低到高，很高

真的，我来不及采摘

我没见过你的模样

但是我可以

把自己化作一棵树，一片云

于天地之间

千年不朽

等候着和你相遇

于是我终于，终于等到了你

天使般的模样

天使般的翅膀

带着我听不懂的音乐

摇着我放空的身体

从安静到沸腾

于是我们心贴着心

一起上路

一起离开

又从沸腾到安静

人们都知道

你是风的女儿

（选自《我把愿望放在你那里》）

向岁月致敬

夜清清浅浅

怡香氤氲,捻梦为花

折叠起岁月的翅膀,辗转

走过红尘,轻吻昏睡的时光

花影蹁跹,摇曳着万千思绪

搁浅了一颦一蹙中的曼妙风姿

一串串诗行如涓涓溪水

流淌在光阴的故事里

演绎着千年承诺的守望

一年，一岁；一岁，一年

弹指即成永恒

又有谁能逃出流年的网

即使容颜已渐渐变得模糊

即使岁月荏苒，世事沧桑

我们依然行走在路上

带着眷念，带着渴望

带着从容的微笑

带着未完成的梦想

感恩一切

失去的或者拥有的

用无悔的心

向岁月致敬

（选自《我把愿望放在你那里》）

我想,我需要一盏灯

没人知道

繁星被谁人偷走

清冷的月又被谁人收藏

所以我向着半睡的夜伸出双手

告诉她

我需要一盏灯

我需要光明

哪怕指间狭窄的缝隙

那一点点微光

我想,我知道

这一丝微不足道的光

能划破黑夜里

全部的秘密

我想,我会

忘记所有的难过

用善良包容不必直视的丑陋

不奢望能看到风景

不奢望天涯陌路的尽头

我想，我会

托起所有的思绪

唤醒沉睡中的魔咒

跨过岁月的蹉跎

即使我们前行在黑暗之中

徘徊又交错，也许

我们只需要缓慢而又沉着地经过

何必在乎命运的讥笑和折磨

我想，我需要一盏灯

我需要光明

（选自《我把愿望放在你那里》）

八月,陪妈妈在医院的日子

(一)

八月,是重叠的影子

一个向南,一个向北

你甩甩腿,我摇摇手

摆出幸福的姿势

朝着桂花轻开的方向

(二)

八月,是淋湿的彩荷

她把我从梦里叫醒

雨仍然画着弧线,顺着花苞

流向圆圆的绿盘,于是

我写下一首诗,沉甸甸的

（三）

八月，是雨后的清香

我数着你来这座城的日子

你坐在花园的椅子上

看着我发呆

（四）

八月，是鸟儿来访的日子

对，是三只，在花园里

一对小夫妻带着它们的宝贝

你隔着门偷窥

（五）

八月，是考试的季节

你做了连线，说出你准确的定位

准确计算出加减的数字

画出手表，还有时针和秒针的指向

却没记住几个词的顺序

鼻子，丝绸，狮子，菊花，红色

九十分，给你个大红花

（六）

八月，快立秋了

你永远不会孤单

你炼就我的喋喋不休

从低音到高音，又从高音

到低沉，不管怎样

都是爱的回响

（七）

八月，有你，有我

有诗歌

八月，有白大褂，粉色的姑娘

还有天天陪着你的

我叫她阿姨

（八）

八月，妈妈，加油

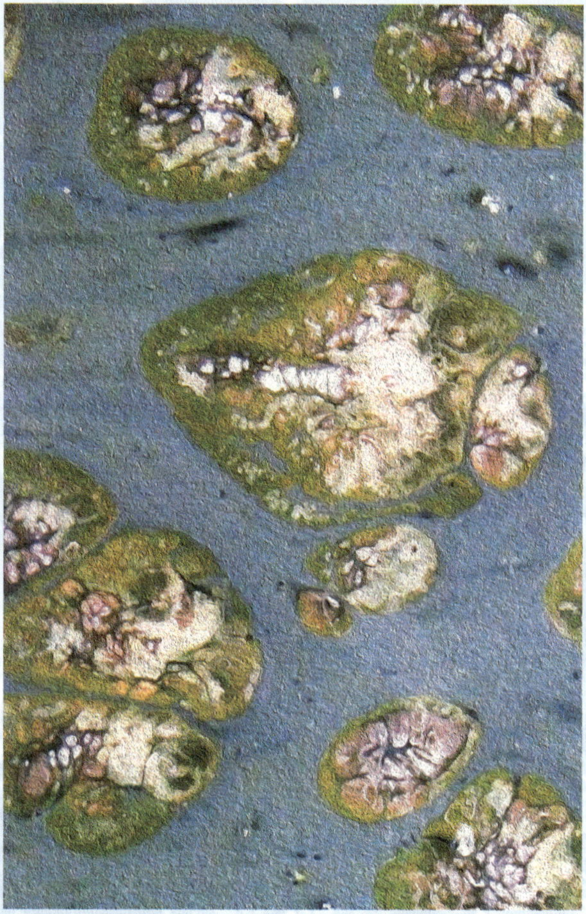

日子——给母亲的碎碎念

慢慢地，日子摞在日子上，重叠。

思念摞在思念上，凝固。

是一种悲痛。厚厚地，堆在心里。

解不开的结，日光之下晒得滚烫，

往事里的往事呢？回忆里升腾。

多少梦叠着梦的夜晚，

我将有您的全部，有您的美好，

直到每一个细小的影像，

用力地记在清晨，写进流泪的诗行，

或许，您还站在我的背后，

轻轻触摸我的头发，我的脸颊，

手指着每一行关于您的诗，
轻轻吟诵，飘渺温情。

往后，日子还要摞着日子，
思念还要摞着思念，
我只能重复一件重要的事儿，
双手合十，想您，念您，感恩。为您。
呼吸，深呼吸，再呼吸，尽情地呼吸，
这廉价又奢侈的东西。

还说点儿什么？
我忍着满心的空倦和痛楚，
他们说，喝点儿酒吧，
那样可以哭得痛快些。

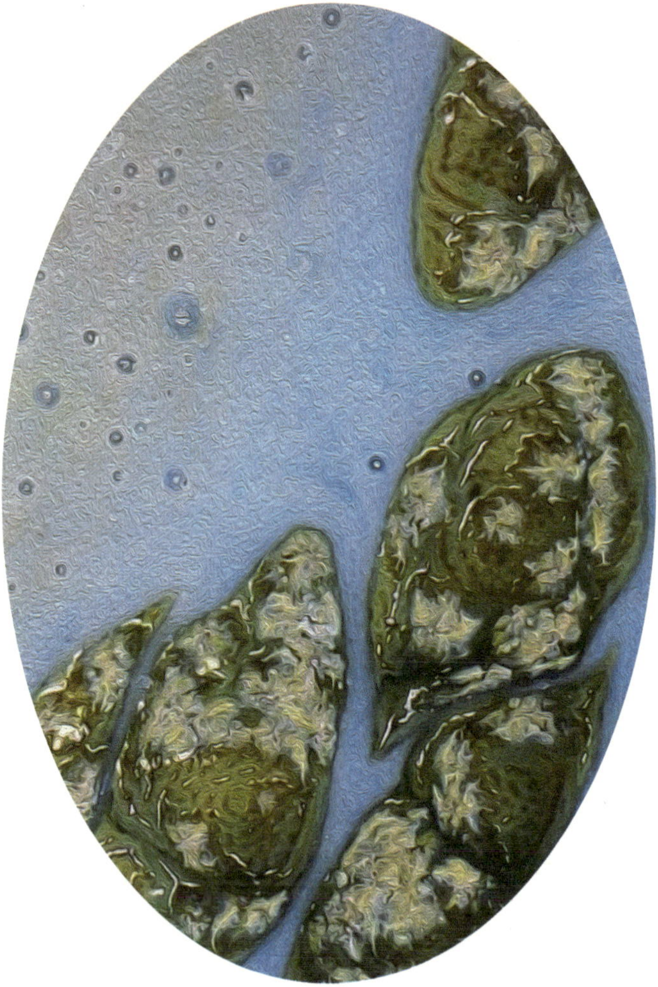

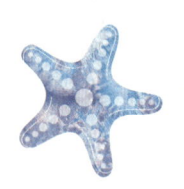

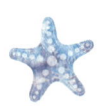

海鸥与礁石

海鸥张开受伤的翅膀

啄开浪花的皱纹

又于空中飞翔

我听见你饥饿的哀鸣

正唤醒生命的欲望

礁石孤独地站在海里

任凭海浪击打着胸膛

溅起千层飞沫

我看见你在痛哭

无助的泪一行行

潮起潮落

远去的夕阳

一串串脚印已被潮水埋葬

空气死了

浪没了声响

此刻我不去思念

不去遐想

我只想等待夜色的降临

和风一起抚摸月光

（选自《与相识无关》）

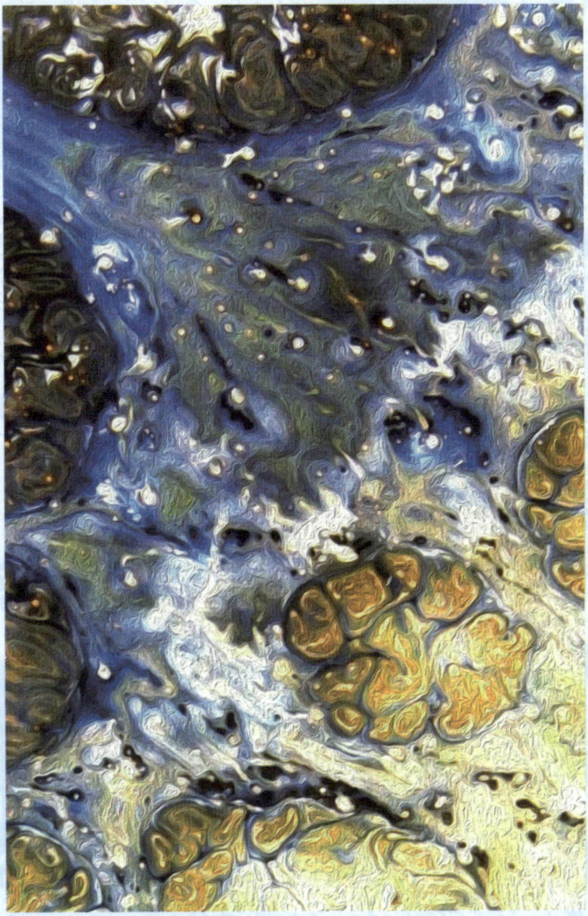

龙凤和鸣

你从光影中走来,带着风

吹着亘古不变的音符

你用岁月所有的恢宏,做时光的彩

从人间烟火到浩瀚星河

从陌上花开到江水东流

只为千年的一个轮回

只为一次浴火的涅槃

提笔勾勒，入心，夕阳横野

一抹一抹霞红

穿透来来往往的生灵

她们星火般地迸发

有如潜龙扶摇直上，又如凤鸣九天

那是我梦中未曾见过的斑斓

面向东南，风缓缓，吹着正好

此时，我该化身来往的精灵

驻足茗池，陪一陪雨中梨花带泪的女孩

抱一抱山麓下的丁香妈妈

松竹和韵，岁月静好

就像诗与远方，留下一段美好的祝愿

留下一点一滴的幸福

去传颂，去铭记

足矣

致岁月·无问西东

（一）

梅花，红墙外探出头

伸着懒腰

抖落着身上的积雪

冰花都在笑

（二）

飞雪，绿皮火车

清晨六点

归途，只为遇见

（三）

天青蓝，斜阳

细软的风儿轻吹

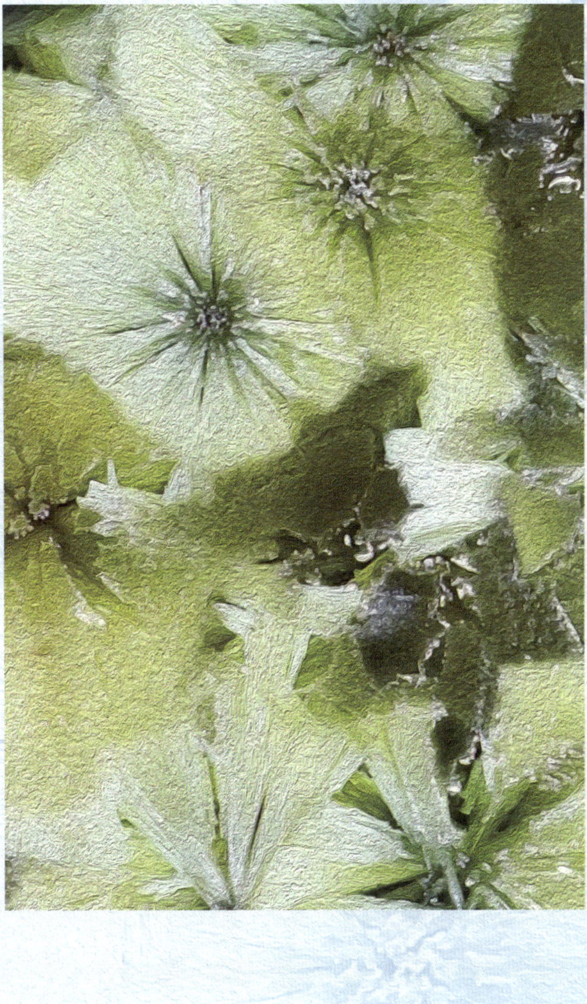

一朵小花儿，晃晃悠悠

划过我的脸颊

（四）

飞花或是飞絮

细尘轻扬，或远或近

秋千荡过的岁月

记忆的小河，缱绻流淌

（五）

青烟缭绕，缓缓地

一柱柱艾香芬芳，摇曳

空灵洁净

（六）

月亮落在江面

随着江波跳动，又散开

像一张稀疏的网,色染霓虹

(七)

手摇小花扇

穿着花肚兜儿的姑娘

每天都在等着老奶奶

卖冰棍儿的吆喝声

(八)

我是一条小鱼儿,游啊游

跃山过水,向着天边

朝着父亲的方向

(九)

桂花又开了,香溢满庭

可我,永远念着

家门前的那株夜来香

她是妈妈的味道

（十）

一场大雨

滂沱，掩去雷声的撕心裂肺

可你，再听不到我的哭声

（十一）

月亮挂在天上

又大又圆

星星眨着眼

我的思念是深蓝

是天空

（十二）

参天大树下

那一座长长宽宽的四合院

一口井，井水清甜

毛驴转磨，好喝的棒糁粥

二爹三爹北厢房

老爷姑爸西厢房

我和爷爷奶奶南厢房

青花瓷、太师椅

烟袋、布鞋、绣花裙

大门向东，太阳安静

（十三）

斟一杯酒

品一盏香茗

任梨花带雨，或飞花擦肩

敬天地父母，敬亲朋好友

与你与我

无问西东

清明

家那边的蔷薇

确确实实都爬满了墙

摇曳的旋律是彩色的,满眼娉婷

轻烟细雨载着四月

潜入岁月的深处,回忆绵长

睡着,我却还是醒着

该回家的人都回来了,我思念的

醒着,我却还是睡着

氤氲的烟波里,披满露珠的海棠花

闪着光,你喜欢的,我看见了

蘸着烟火,画草木繁盛

画蜗牛伸长触角,画再慢的时光

跨过烟雨,向天空

鸽笛长鸣,那么远,天上或是人间

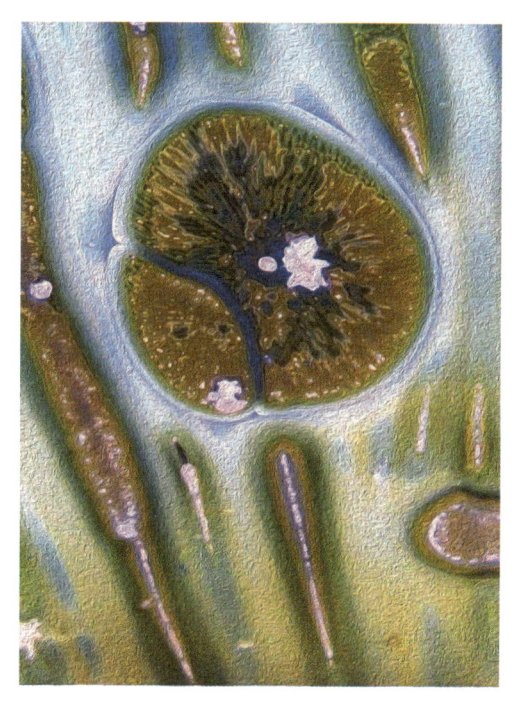

一首属于你的诗

——悼念亲爱的杨伯伯

今夜,我把蜡烛点上
让它一点儿一点儿流干
它像我的哭泣,流成河
忍着几天不要蒸腾,却在今晚爆发
你,多让我疼啊,让我想啊
声声入耳的笑,依然那么爽朗
回响不断

今夜，黑得没有月光，更没有星辰

我担心，你找不到回家的路

所以，我喝了足够的酒，一杯接着一杯

借着胆为你开路

我大声地哭，大声地喊

冰水般的泪滴折射出微光

刺痛思念的伤

你是生在三月的人

又在三月离开

活生生的春天，被你撕开巨大的裂缝

像细雨淋着幽深的小路，你走着

无边的寂静

我哭着，岁月里刹那间的诀别

撕裂的痛

只有悲伤在指尖孤独地徘徊

今夜，让时间一点儿一点儿燃烧

一如你的三月，化蝶，落于窗前

抖动着翅膀，倾诉离别的不舍

一如你的三月，成梦，叠起光阴

等着这场雨，淋湿所有的过往

今夜，破碎，不知疲倦的钟摆

我，为你守住一烛火光

把黑夜缝缝补补，填满有你的回忆

我知道，你会在某一个地方

那熟悉的身影，那熟悉的目光

等着我给你写诗，一首属于你的诗

后 记

拾爱，清香一世

爱，是一种情感，是一种精神，是一种态度。爱是幸福的体现，是心灵的交集，是发自心灵深处的一道光。爱国，爱家，爱人——从大爱到小爱。爱是永恒的主题。

这本诗集中的每一首诗都是有故事、有原型的，每一个字都散发着强烈的爱。师兄说，这本诗集应该叫《拾艾集》，因为"艾"是"爱"的谐声。最终，我还是忍痛割舍了《拾艾集》这个书名，应该算是小小的遗憾吧。因为我先生说,这个"集"字用在我的作品上太不合适——我不是大家名家,没有资格用这个"集"字。哈哈,好吧,认同。

这次选用《回头是爱》作为我第四本诗集的书名,也是为了纪念2019年去世的母亲。之前的《与相识无关》《譬如此刻》《我把愿望放在你那里》三本诗集的首页都写着"献给我的母亲",那时我想通过这样的方式,让她老人家天天能看着我写的诗而高兴。我要告诉她,为养育之恩,为我离家遥远不能守在她的身边侍奉她的遗憾,我要告诉她我爱她。

人生有太多的未知和突然,妈妈的离开,让我在之后的三年多里苦苦挣扎。想写,写不出来;写出来了,就会哭,边写边哭。落笔之处皆是痛点。因此,这次整理诗集,删减了一部分苦涩的文字,同时也精选了前三本诗集中大家喜欢的诗留在本诗集中,并对整体的排版结构进行了调整。毕竟，生活里要有更多一些的甜意和色彩。人生，真的要少留遗憾。我多想留住妈妈，紧紧地抱着她，对她说，妈妈，别走！请您回头看看我，"回头是爱"，妈妈……

诗里面也有特别多我爸爸的影子，他走得太早，留给我们的唯余心痛和无限的思念。多年以后，我把所有的记忆、所有的思念、所有心中的爱都留在诗集里面，我和妈妈、弟弟以及其他家人读着诗便能一起想他。真的，真的，一直，一直，我好想他，我的父亲，想儿时他买给我的"红果冰棍儿"，想我和他的"南城"，想那轰鸣的绿皮火车，它的名字叫"父亲的车站"。

关于德叔

2018年，在第三本诗集最后的审稿过程中，我大病一场，一段坐过山车一样的生死经历，让我对人生、对爱又有了更深的认识和理解。这里我要感谢的是赋予我健康和幸福的人——德叔。我经常这样称呼他：伟大的德叔。

生病住院的经历，让这本感恩父母、怀念父母的诗集里又增加了新的元素。在德叔工作的医院里，我度过了一个忐忑而又温暖的夏天。医院鱼池里的锦鲤，用德叔的话说，我已经把它们喂到三脂高了。"不要怕，有我呢"——德叔的每一句话中都带着安慰，带着自信，带着温暖。就这样，我踏踏实实地按照德叔的医嘱进行了近一年的纯中药治疗，彻底康复。后来，我将《我把愿望放在你那里》这首诗送给德叔当作感恩与纪念。

其实，我这点儿小病算什么？称德叔伟大，不是因为他治好了我的病。要知道，一个医生的伟大不仅仅在于他的医术，还在于他的医者仁心，在于他作为一名共产党员恪守全心全意为人民服务的宗旨，处处体现出舍己为人、不问得失的共产主义精神。

有谁知道，在2003年"非典"肆虐时，有一名急诊科的中医主任被感染了，他把遗书压在枕头下，熬过病痛之后，又奔走在救治病人的第一线，不分昼夜，不惧劳苦。他把处方单随时带在身上，有需要的时候，随时开诊。

又有谁知道，2020年到2023年抗击新冠疫情时，他坚守在第一线，十四次带队出征，熬了多少个日日夜夜，背负了多少担心和期盼，收获了多少感动和泪水。这一次，我用三首诗把德叔的抗疫历程用诗歌的形式记录下来，包括《今夜是除夕——逆行》《木棉花开了——坚守》《幸福开花儿了——凯旋》。我还用了一个半月的时间，把他在抗疫一线收集的珍贵素材制作成视频，在多家线上平台发布。这一份感动是爱的传递，是正能量的分享。

记得我创作《今夜是除夕——逆行》时，正是德叔义无反顾踏上去武汉的列车的那个除夕。我们多么担心和疼惜！在一切都未知的情况下，我不敢打电话给德叔的夫人，我怕我会哭。那个晚上，电视上的春晚一片欢笑，我却坐在书桌旁哭着写下了这首诗。几天后，我将诗发给德叔，德叔在电话那头静默了良久，说道："你总是让我流泪。"现在，写到这里，我的眼睛还是湿湿的。

关于那些花儿

从小到大，我是一个特别喜欢看花儿的人。花开时节，我经常会到家附近的陶然亭公园去看花花草草，从未错过各种花开的瞬间。梅花、杨花、杏花、桃花、玉兰、海棠花、芍药、月季、牡丹、荷花、桂花……总之，看遍了百花争妍。

这或许是因为爸爸的遗传基因太强。他喜欢花，懂花，爱花。我妈妈呢，则偏爱玉兰和夜来香。在他们身上，与花儿有关的故事有很多。爸爸喜欢把各种花儿嫁接到仙人掌和仙人球上；妈妈喜欢在家门前种夜来香，每到花开时节，香气四溢，满院欢腾。

北京的冬天花木衰败，因此，万花筒便成了我儿时冬天的玩伴。窗台上摆满的一支支万花筒都是我撒泼打滚儿换回来的。

都说喜欢花儿的人都是心向美好、善良可爱的人，我想，真的是呢。

关于诗集中插图的花色

这本诗集插图中那些漂亮的花色，你喜欢吗？每一幅插图都是由装帧设计师陈宇丹从我拍摄的上百张照片里挑选出来，统一制作后，再经过多次筛选更换，反复遴选出来的。可以说，设计制作一幅插图的时间比我写一首诗的时间还要长很多很多，甚是费心费力。

插图中的花色纷繁绚丽，设计灵感都来自我国非物质文化遗产——建盏。建盏原产于福建南平市建阳区——中国建盏之都。我收藏的建盏都是非遗传承大师们的传世之作。它们的釉面花色丰富，可以说是包罗万象，应有尽有。它们是大自然的恩赐，是人文与天然的融合，体现了我们中华传统文化的博大精深，也是我们国人的骄傲。

　　建盏花色丰富，所以它成了我长大成人后的"万花筒"。我想把这种美分享给能理解和欣赏它的人们。所以，这次以建盏釉面的花色进行设计，得到了亲朋好友的充分认可。结果是非常完美的，至少我是这样认为的：诗集设计惊艳，令人心旷神怡，一见倾心。在这本诗集中，有一些诗作的灵感也来自建盏和烧制建盏的大师们。在他们身上，我看到了工匠精神，看到了中国非遗传承的发展和创新，看到了爱的美好和希望。

关于杨伯伯

杨伯伯是《花城》杂志的元老级人物，中山大学中文系毕业的高才生，资深编辑。"才华横溢"这个词用在他身上再适合不过。

初次遇见，我们就成了忘年交。没有他的支持和鼓励，我不可能坚持创作出第四本诗集。或许，甚至一本也不会有。多年前，杨伯伯看了我写的一些诗，说："波波，你写的诗很不错，纯净，唯美。你可以尝试着出几本诗集，我来帮你策划、编辑。"为这一番话，我把一大堆稿件交给了杨伯伯。作品量太大了，以至于在编辑第一本诗集时，杨伯伯生病住院，病床的床头上放着的都是我那一堆诗稿。诗集出版、发行、推广的过程中，还有各个学校的诗歌分享会上，都有杨伯伯的影子。他无时无刻不在给我加油打气。是他成就了我心中的诗歌，让我底气十足地出了第二本、第三本诗集。我把他当作创作的靠山。

2020年3月的某一天，他突然离世，那时他刚过完66周岁的生日。事发突然，让我无法接受。更让我难过的是，那时是特殊时期最紧张的阶段，大家都不能约见，以至于我和杨伯伯还有另外两个好友，每年一起过同月生日的约定也无法实现，唯留遗憾。他离去后的一周，我号啕大哭，把忍住的悲伤和思念，还有无助和遗憾统统发泄出来。我真的好想他，至今，我手机微信里还留着他的声音。

写了这么多的诗，可直到他离世我都没有为他写过一首诗。还是那天晚上，我一边哭一边打电话给杨伯伯的夫人，我不知道该说什么，心口真的很痛。放下电话，我似乎感觉到杨伯伯在等着我为他写一首诗。于是就有了这本诗集里的《一首属于你的诗》。为了纪念他，我将它放在第四本诗集的最后，这也意味着我的第五本诗集即将开始。

是吧，杨伯伯，您说帮我编完五本诗集，您的任务就完成了，可是您爽约了。太多因素导致这本诗集的出版一直在延后，本来真的不想再出了，终究是因为您的那份承诺和期望，因为有爱和牵挂，我才从低谷中爬上来，继续努力。

关于诗集的诞生

要说的太多了，要感恩要感谢的也太多了。在此，我要感谢我的家人对我写作的支持和关爱。尤其感谢我的先生——我称他为"家长"。他认为好的诗，他都会帮我在微信里转发，顺便调侃一下。还要感谢刚荣对我的诗歌提出的宝贵意见，感恩陈宇丹、刘茵、郝琳琳、王子鑫的编辑整理。感谢关注和喜欢我诗歌的所有朋友。

在此，我还要隆重感谢星海音乐学院南粤筝派传人陈蔚旻教授，他为我诗集中的部分诗歌专门制作了音乐，以供读者伴着美妙的旋律朗读诗歌，为诗集增加了一笔更重更浓的情感色彩。感谢陈教授和他的团队。

最后，我要深深感谢著名表演家、国家一级演员白永成先生及其团队精心为这部诗集深情演绎，为读者献上动人的诵读。感谢诗人、作家、中国作家协会原副主席高洪波为这部诗集作序。我还要深深感谢接力出版社总编辑白冰老师对这部作品的认可和指导，并以高效、专业的出版工作让这个"怀胎三年"的新生儿能够闪亮登场。我想，我还应该感谢白冰老师的团队：王燕在北京，蓉慧在广州，两地编辑团队无缝衔接的高效合作令人印象深刻。我知道这部作品问世实属不易。每一次校稿、调整，蓉慧都是凌晨一点多才从我家回到她家。每次收到她安全到家的信息，我才入睡。我想，她也跟宇丹一样，一直忍受着我对作品的各种调整和折腾吧。所以，在这里，我要跟大家说：谢谢，谢谢你们的宽容，谢谢你们的齐心协力。谢谢所有关心和爱我的朋友对这部诗集的爱护。

　　因为有爱，人间的一切都是美好的——只要我能记住。

2024年6月7日

于广州朗园